AVENTURES

D'UN

CHERCHEUR D'OR AU KLONDIKE

W. DE FONVIELLE

AVENTURES

D'UN

CHERCHEUR D'OR

AU KLONDIKE

PREMIÈRE PARTIE

PARIS

A.-L. GUYOT, Éditeur

12, RUE PAUL-LELONG, 12

AVENTURES D'UN CHERCHEUR D'OR

AU

KLONDIKE

I

L'engagement de Simonot

J'ai un ami qui est l'homme de confiance et le conseiller intime d'un des plus riches banquiers de Paris. Dès que je reçus d'Amérique des détails suffisants pour me former une conviction raisonnée sur la réalité des merveilles que l'on racontait du Klondike, j'allai le voir, je lui exposai les avantages que son patron aurait à envoyer dans un pays d'un si brillant avenir un agent sûr et capable, chargé d'explorer rapidement le nouveau terrain offert à la spéculation.

Mon ami me demanda le temps de transmettre à qui de droit la communication que je venais de lui faire et les documents que je lui avais mis sous les yeux. Tout en m'ajournant à huitaine, il me demanda si je voulais me charger de l'expédition. Comme je lui exprimai la conviction qu'il fallait qu'un voyage si pénible fut exécuté par un jeune homme, il me pria de chercher si je ne pourrais découvrir un candidat réunissant les trois qualités nécessaires, l'endurance, la science et l'honnêteté.

Je répondis que je croyais avoir son affaire dans la personne du fils d'un de mes amis, nommé Charles Simonot.

— A dix ans, dis-je, ce jeune homme avait perdu son père que j'avais beaucoup connu parce qu'il était sorti un peu avant moi de Paris en ballon pendant le siège. Il était entré à l'Ecole des Mines où il avait fait de brillantes études ; elles étaient à peine achevées, quand un riche propriétaire de mines d'or en Sibérie lui offrit un brillant engagement. Il s'agissait de diriger une importante exploitation dans les montagnes de la Baïkalie, pays perdu sous le climat le plus froid du monde ; des températures de 50° au dessous de zéro n'y sont pas inconnues, et mon protégé n'en avait pas été incommodé.

« Non seulement son tempérament de fer a résisté merveilleusement à de si terribles épreuves, mais grâce à son sang-froid, à sa présence d'esprit et à

son courage, Charles Simonot a triomphé des bêtes
fauves et de l'homme pervers, animal plus dangereux que les loups ou les ours des forêts Sibériennes.
Il a même une si riche nature, qu'il est arrivé à se
faire aimer des révoltés qu'il était parvenu à
dompter. Le propriétaire de la mine lui avait fait
les offres les plus brillantes pour le retenir, mais il
avait dû refuser. Il avait appris la maladie de sa
mère chérie, qui l'avait élevé du fruit de son travail
comme maîtresse de chant et professeur de piano !

« Maintenant la pauvre femme est complètement
rétablie, et son fils ne craindra pas de prendre un
engagement pour une nouvelle expédition ressortis-
sant de son métier. Aujourd'hui il est secrétaire de
la rédaction dans un journal politique récemment
créé et dont l'existence est loin d'être assurée.

« Je suis certain de lui faire accepter de nouvelles
aventures auxquelles il est admirablement préparé,
car en dehors de ses qualités morales fort brillantes, il est fort bien doué au point de vue physique. Assez grand, bien découplé, je l'ai vu jongler
souvent avec des poids de vingt kilos, exercice
qui me donna, je l'avoue, une assez bonne opinion
de ses biceps ; si j'ajoute qu'il est encore le record-
man de l'heure pour la course à pied, vous pense-
rez comme moi que ses poumons et son cœur sont

également en assez bon état. En Sibérie, Simonot
a appris à se servir des Skis norvégiens, et de plus
il est passé maître dans l'art de diriger un attelage
de chiens.

— Très bien, fit mon ami, amenez avec vous
M. Simonot mardi prochain à la même heure; pour
que nous ne perdions pas de temps, dites-lui d'envoyer dès demain à la Banque les documents qu'il
possède sur le Klondike. Mais que pensez-vous
qu'il faille offrir à notre explorateur.

— Le transport personnel n'est point très cher,
c'est l'affaire d'une quinzaine de cents francs; mais
il ne faut pas oublier que les voyageurs, se rendant
dans un pays aussi isolé, ont besoin de vêtements, d'armes et de médicaments, quoiqu'il soit
convenablement équipé en fourrures rapportées de
Sibérie...

— Bien, bien! je sais qu'il va dans un pays où
l'on ne se procure point une chandelle à moins d'une
pièce de cent sous, mais enfin, que lui faut-il
approximativement. Vous savez, nous ne lésinons
point, nous dépassons même souvent la limite de
nos engagements; mais nous devons savoir ce qu'il
faut... Les affaires sont des affaires.

— Il me semble qu'une somme de vingt mille
francs suffirait largement à parer à tout; mais il

faut servir à la mère une pension mensuelle d'au moins cent francs jusqu'au retour du fils.

— Et s'il meurt ?

— Dans ce cas, qu'il faut évidemment prévoir, il me semble juste de continuer la rente à la mère pendant le reste de sa vie. Cela serait d'autant moins onéreux, qu'un pareil malheur abrégerait singulièrement les jours de cette digne femme. Du reste, cette condition doit être posée d'une façon absolue par Simonot, lequel jamais ne voudrait partir sans assurer le sort de sa mère.

— C'est parfaitement juste et nous ne l'entendons point autrement. Il n'y aura aucune objection de ce côté. Je crois que nous avons un bureau à Vancouver : nous allons télégraphier au directeur de nous envoyer, par dépêche, les derniers renseignements sur le Klondike ; en conséquence, vous pouvez compter que mardi prochain tout sera élucidé d'une façon complète.

— Alors, nous reviendrons chez vous, dis-je en me levant.

— Non, non, prenons plutôt rendez-vous à la Banque ; si l'affaire plaît, le directeur ne voudrait rien signer sans avoir vu l'homme auquel il confierait une affaire dont l'importance peut être extrême.

— C'est une précaution fort sage et qui ne nuira
en rien au succès de notre projet. Simonot est un
grand et beau garçon, à l'air franc et sympathique,
le front découvert, les yeux vifs, limpides et grands ;
il a une trentaine d'années à peine, une bonne instruction, ainsi que je vous l'ai déjà dit, et ce qui ne
nuit pas, il s'exprime facilement avec une sorte
d'éloquence naturelle.

— Eh bien ! c'est parfait... N'oubliez pas de m'envoyer les pièces, ou plutôt faites les porter, dès demain, rue Richelieu, et j'ai la conviction que nous
terminerons l'affaire.

Huit jours exactement après cette conversation,
nous sortions Simonot et moi du cabinet du directeur de la Banque ; à peine étions-nous dans la rue
que, sans se préoccuper des passants, mon jeune
ami me sauta au cou en me disant :

— Vous êtes la cause de ma fortune et je ne sais
vraiment pas comment je pourrai vous prouver
ma reconnaissance.

— Mon cher Charles, lui répondis-je, il ne me
paraît pas que votre fortune soit aussi établie que
vous semblez le croire ; vous avez de grands dangers à courir, des difficultés presque insurmon-
tables à vaincre, à supporter de terribles privations,
pires que celles que vous avez éprouvées en

Sibérie, des froids plus intenses encore que ceux que vous avez bravés ; la faim, le scorbut, l'ophtalmie des neiges vous guettent, et vous avez à lutter contre la rapacité d'une écume de forbans, que la soif de l'or attire de toutes les parties du monde. Auprès des bandits que vous allez rencontrer, les forçats sibériens sont des anges.

— Tout cela est vrai, répliqua Simonot, mais savez-vous qu'en m'accordant le quart de la valeur des claims que j'exploiterai, ainsi que des terrains dont je pourrai prendre possession au nom de la maison, c'est absolument comme si le directeur m'avait dit : « Je veux vous faire millionnaire, voici mes coffres, puisez. » Les Mines d'or du Klondike sont les plus riches du monde ; équipé comme je vais l'être, ce sera un jeu d'en tirer des tonnes.

— Tant mieux, mon cher ami ; je vous souhaite bonne chance, et je suis heureux d'avoir pu être utile au fils d'un camarade qui m'était si cher, mais comme je sais que vous n'allez pas avoir trop de temps pour achever vos préparatifs, je vais vous quitter et je ne vous reverrai qu'à la gare Saint-Lazare, lorsque vous prendrez le train spécial du Transatlantique.

II

A bord de l'Express

Trois semaines plus tard, Simonot montait à bord de l'*Express*, un des steamers Anglais qui font le service de Victoria à Juneau et relient, par conséquent, l'île Vancouver au sud de l'Alaska. Le jeune homme emportait un nombre énorme de colis dont aucun ne venait de Paris. Quoiqu'il eut traité dans les conditions que j'ai indiquées, et que l'argent ne lui manquât point, il s'était embarqué au Havre avec un simple sac de nuit, mais il avait fait en route une foule d'acquisitions, surtout à Vancouver où se sont installés des magasins spéciaux, espèces de bazars, où l'on trouve à des prix fort avantageux toutes les marchandises que l'on peut apporter au Klondike.

Arriver avec de l'or dans sa poche serait aussi

niais que de venir à la Seine avec un seau plein
d'eau. Ce qu'il faut amener, en triomphant de
difficultés sans nombre, c'est ce qui se mange et
se boit et tout ce qui peut combattre le froid.
Quelques difficultés que l'on rencontre à transporter des poids considérables pendant un nombre
effrayant de kilomètres sur des neiges et des
glaces, à travers des forêts, des montagnes sans
sentier d'aucune sorte, on ne doit point hésiter ;
l'on sera amplement payé de ses peines, car on se
rend dans un pays où, chaque année, plus d'un
élève du roi Midas meurt de faim sur son or.

Nulle part les gens naïfs, qui attribuent un pouvoir magique au roi des métaux, n'ont reçu d'aussi
effrayantes leçons de choses. Jamais l'on n'a si bien
constaté par des catastrophes que les principes de
l'économie politique ne sont pas une chimère, que
l'or et l'argent n'ont de valeur qu'autant qu'ils
peuvent servir de moyens d'échange pour se
procurer des objets ou des services nécessaires à la
vie et que, par eux-mêmes, ils n'ont absolument
aucune utilité sérieuse.

Simonot, qui était de l'école de J.-B. Say et qui
avait rompu bien des lances avec les enthousiastes
de Proud'hon, s'apprêtait à mettre en pratique
à son tour les principes de la banque d'échange ;

autres lieux, autres temps, autres mœurs. Il
avait choisi et emballé sa pacotille d'une façon
systématique, on pourrait dire scientifique ; chacun
de ses paquets était solidement enveloppé dans une
toile vernie d'une teinte rouge brique qui n'était
pas ordinaire et qui se reconnaissait facilement à
distance. Chacun portait, en outre, SIMONOT écrit
en grosses lettres, et un numéro d'ordre de dimen-
sion énormes.

La plupart de ses compagnons de voyage étaient,
comme lui, des hommes de vingt à trente ans ; la
déplorable réputation de la Nouvelle-Californie des
neiges, avait écarté les tous jeunes gens, sauf
quelques blancs becs qui paraissaient de fort mauvais sujets.

Il y avait bien un certain nombre d'individus
ayant dépassé l'âge où la vigueur humaine est à
son zénith. Ces vétérans étaient, pour la plupart,
des déclassés qui préféraient courir au-devant de
la mort que de l'attendre dans les bas-fonds des
grandes cités. On y trouvait aussi quelques mineurs
de profession, dont l'expérience avait été acquise
dans toutes les parties du monde souterrain.

Les uns avaient fait campagne dans les placers
californiens, les autres dans les mines du Transwaal
et quelques-uns dans celles d'Australie. Les Sibé-

riens n'étaient représentés que par Simonot. En général ces individus possédaient une surprenante habileté, mais ils étaient de très tristes spécimens de la race humaine. Beaucoup avaient fait plusieurs fois une fortune rapide, mais ils l'avaient encore plus vite perdue dans les tripots. Ils allaient au Klondike pour recommencer les mêmes oscillations entre l'opulence, folle, débauchée, imprévoyante, et la misère abjecte.

Il y avait sur le pont de l'*Express* des échantillons de toutes les races. On y voyait quelques Indiens Pieds-noirs, qui habitaient la contrée avant la découverte de l'Amérique et qui tiraient parti de la fièvre de l'or, pour exploiter les visages pâles dans le pays où leurs ancêtres avaient péniblement chassé d'autre gibier que des bipèdes affamés. On y voyait aussi des Anglais, des Américains, et en général quelques représentants de chaque pays d'Europe, mais pas de Français en dehors de Simonot ; il y avait quelques Africains, un petit nombre d'Asiatiques et même des Malais. Les passagers qui ne parlaient pas Anglais étaient le plus souvent réduits à se faire comprendre par signes ; ils y parvenaient à peu près en s'aidant d'un jargon indéfinissable. En effet la conversation était très peu variée, l'on ne s'occupait que de la richesse des claims, de la grosseur des pépites, de la valeur de la cargaison des navires qui étaient revenus l'an dernier, du nom et des aventures des mineurs qui avaient fait fortune, plus vite qu'à la roulette de Monaco.

On ne disait rien naturellement de ceux qui étaient morts de faim, de froid et de misère. Cependant la phalange disparue, anéantie, représentait la majorité des mineurs qui avait fait, l'an dernier, la traversée de Vancouver à Dyea.

La géographie physique des régions que traversait Simonot n'est pas moins extraordinaire que leur géographie politique. Le territoire d'Alaska, que la Russie a cédé pour trente sept millions de dollars aux Etats-Unis, possède une superficie qui dépasse celle de la France continentale et des pays limitrophes.

La forme de cette immense contrée est à peu près celle d'un quadrilatère, baigné au Nord et à l'ouest par la mer de Behring. La frontière Est est bornée par le 141me méridien et a, par conséquent, une forme absolument rectiligne ; elle tient à cette partie à peu près inconnue du Dominion, dont l'extrémité boréale va jusqu'à la mer de Baffin. La partie méridionale est limitée par l'Océan Pacifique. Mais ce quadrilatère, si nettement défini, se

prolonge vers le Sud par une sorte de manche,
long de plusieurs centaines de kilomètres et
large au plus d'une vingtaine ; la plupart du temps
ce curieux appendice est on ne peut plus gênant
pour les Anglais, dont les possessions séparées de
la mer, d'une façon complète, se trouvent con-
damnées à une sorte de blocus hermétique.

A l'époque où l'Empereur Alexandre II a vendu
l'Amérique Russe, les diplomates Britanniques n'ont
pas essayé de faire valoir les droits de S. M. sur
es fonds de quelques golfes, qui suffisaient pour
donner à l'intérieur du continent un accès à la mer.

Aucun de ces orgueilleux plénipotentiaires
n'était assez perspicace pour s'imaginer que sous
ses neiges se trouvait un tapis rival de l'Eldorado.

Quelques fins politiques affirment que c'est de
propos délibéré que le tzar a sacrifié une possession dont il connaissait tout le prix, mais dont il
faisait, en la cédant une magnifique pomme de dis-
corde. En agissant de la sorte, l'autocrate aurait eu
l'intention machiavélique de brouiller à jamais
les Anglais avec leurs cousins d'Amérique, et de
charger les Etats-Unis de le venger des humi-
liations de la guerre de Crimée.

Dans ce cas le plan conçu avec une astuce tout
orientale aurait merveilleusement réussi.

A partir de l'île de Vancouver jusqu'aux bouches
du Yukon, la côte du Pacifique ressemble énormément à celle de Norvège, mais le climat est moins
rigoureux, et les falaises ont un profil plus pittoresque, plus majestueux. De même qu'en Norvège,
on rencontre des centaines de caps, des milliers
d'îles. Dans l'intérieur des terres on aperçoit un
nombre incalculable de montagnes, entassées les
unes sur les autres ; toutefois les voyageurs qui
ont vu les deux pays donnent la préférence à
l'Alaska.

Dans un court été très chaud et très beau, sur
les rives du Pacifique, on cueille des fleurs d'une
délicatesse inouïe, dont le parfum est d'une suavité
et d'une pénétration surprenantes, et qui n'ont
point d'équivalent à l'ouest du continent européen.

Les forêts américaines sont parcourues par plusieurs espèces d'ours distincts de l'ours arctique,
qui ne fréquente que les côtes et les banquises et
se nourrit presque presque exclusivement de poisson. La chair et la peau de ces plantigrades, dont
la chasse ne laisse pas que d'être dangereuse, ont
une grande valeur. Il en est de même de celle du
carribou, grand cerf sauvage, dont la taille égale
celle du renne, et qui est la plus délicieuse de
toutes les venaisons.

Doué d'un esprit observateur autant qu'enthousiaste, Simonot était tout entier au sentiment d'admiration pour le beau spectacle qui se déroulait devant lui.

A peine s'il suivait d'une oreille distraite, et non sans un certain dégoût, les conversations vulgaires et triviales des chercheurs d'or, parfaitement indifférents aux merveilles naturelles au milieu desquelles l'*Express* s'avançait rapidement. Le steamer naviguait sur une mer d'huile, et suivait les méandres d'une foule de canaux étroits, tortueux, où l'œil étonné admirait à chaque instant une foule de points de vue nouveaux.

Ce n'est que la faim, qui le détermina à quitter son poste d'observation pour aller prendre en bas un dîner assez copieux et beauconp plus confortable qu'il ne s'y attendait.

Mais après avoir terminé son repas, il se hâta de retourner sur le pont, après s'être enveloppé d'un chaud manteau de fourrure.

Le spectacle était encore plus attrayant que le jour, car la lune était très forte et très haute, et ses rayons donnaient des proportions étranges à des objets déjà bizarres en plein soleil.

Mais peut-être à cause de l'intérêt épuisant, absorbant avec lequel il admirait la succession

de ces panoramas enchantés, le brave jeune
homme finit par s'endormir profondément.

Simonot fit des rêves dorés qui n'avaient en quelque sorte rien de matériel. Dégagé des liens qui
l'attachent au corps, son âme errait dans l'espace
bien au-delà des zones lointaines où les ballons
sondes de M. M. Hermite et Besançon emportent
les enregistreurs Richard et les appareils photo-
graphiques Cailletet. Il lui semblait parcourir la
surface ravagée de notre satellite, qui paraît si
calme, aperçue de loin, mais qui est toute parse-
mée de cavernes où les eaux des océans primitifs
se sont engouffrées, entraînant avec elles tous les
êtres vivants, bien avant le commencement de notre
histoire.

III

Comment un ami vient en dormant

Il était grand jour lorsque Simonot se réveilla ; dès qu'il ouvrit les yeux, il s'aperçut qu'il était à côté d'un grand gaillard robuste, l'air honnête et de bonne mine, qui le regardait avec intérêt et sympathie.

Simonot n'eût pas besoin de réfléchir longtemps pour se rendre compte de ce qu'était le personnage qui s'était installé près de lui. Il ne le connaissait pas, mais il avait passé par Québec, qui est restée la capitale du Canada français et, tout le long de sa route, il avait eu occasion de se rendre compte de l'extraordinaire sympathie qu'ont, pour les Français de France, les représentants de cette nationalité, détachée par la force en 1763, mais ayant protesté, depuis lors, contre l'inique juge-

ment de l'épée qui les a frappé plus douloureuse-
ment peut-être que les Alsaciens de 1870.

Ces braves gens n'ont pas seulement conservé
la langue et le caractère de leurs ancêtres, mais ils
en ont gardé les mœurs et même la physionomie
avec une fidélité incroyable.

Après cent trente-trois ans de conquête, ils font
bande à part au milieu des vainqueurs, gardant
avec orgueil leur qualité de glorieux vaincus ; ils
ne se marient qu'entre eux. Avec la France, ils
n'ont guère de rapport que lorsqu'ils vont la visiter,
car, avouons-le, à notre honte, nous les ignorons
complètement. Nous n'avons ressenti, pour les
malheurs de ces héros, aucun de ces nobles atten-
drissements qui troublent notre conscience répu-
blicaine depuis près de trente ans.

Quand nous les avons perdus, hommes, femmes
et enfants n'étaient en tout que soixante-dix mille
qui ont résisté d'une façon aussi glorieuse que les
Grecs à l'invasion des Perses. Il n'a manqué à
leur épopée qu'un Homère pour qu'elle excitât
l'admiration de tous les amis de la vaillance et du
dévoûment. Aujourd'hui ils sont près de deux
millions. Leurs enfants sont assez nombreux pour
ne plus avoir à redouter l'émigration britannique.

Le Klondike fait partie de l'immense territoire

où ils se sont répandus depuis longtemps. L'on y
trouve encore un grand nombre de noms à dési-
nence française qu'ils ont donnés aux rivières, aux
montagnes, aux villages, à tous les points remar-
quables.

Contrairement à ce que l'on pourrait supposer, un
français n'est pas du tout dépaysé au Canada, il
se sent plus chez lui peut-être que dans nos nouvelles colonies de Madagascar ou de l'Extrême-
Orient. Il est de plus dans un pays libre, gouverné
par un homme d'État, qui se nomme sir Wilfrid
Laurier et qui se fait gloire d'appartenir à la race
dont nous sommes issus.

Quoique Simonot parlât l'anglais avec une
remarquable facilité, ce n'était jamais sans plaisir
qu'il s'entretenait avec ces braves gens qui se
servaient d'un style rempli d'archaïsmes. Car ils
ont conservé les locutions en usage du temps de
Louis XIV et de Louis XV. Ce qui crée quelquefois un peu d'embarras, c'est qu'ils ont inventé,
pour les objets nouveaux, d'autres mots que
ceux que nous empruntons, sans remords, à une
langue dont ils ne font jamais usage sans nécessité absolue. Pour eux les vagons sont des chars,
les rails des ornières, et le reste à l'avenant.

— Vous avez bien dormi, monsieur, car il y a

plus d'une heure que je suis à côté de vous, occupé à regarder le sillage de notre barque à feu. J'espère que vous voudrez bien accepter un verre d'eau-de-vie pour tuer le ver, j'en profiterai pour vous faire faire connaissance avec mes compagnons et ma famille.

— Vous êtes donc plusieurs à bord, répliqua Simonot, chez qui ce peu de mots sonnait comme un écho du pays natal.

— Nous autres Canadiens, nous aimons à nous grouper; j'ai avec moi quatre de mes frères, ma femme et trois amis avec lesquels nous nous sommes associés; nous formons un petit noyau très sérieux, très solide; nous saurons nous défendre et nous tirer d'un mauvais pas.

Simonot ne pouvait refuser une invitation aussi aimable et qui, sans l'engager à rien, lui offrait des perspectives aussi séduisantes qu'inattendues. Quelques minutes après, le verre en main, il faisait connaissance avec la famille Lhomond. L'homme qui l'avait invité et qui était le chef de la petite bande se nommait Pierre; son épouse Jeanne était une femme très accorte, une assez jolie blonde aux yeux bleus et au teint coloré; elle était rayonnante de santé.

Sans être ce qu'on appelle riche, la famille

Lhomond était fort à son aise. Les cinq frères avaient laissé, aux environs de Montréal, une grande ferme en plein pays anglais ; ils l'exploitaient eux-mêmes avec beaucoup de succès.

Des quatre frères de Pierre, les deux aînés étaient mariés, mais ils avaient laissé leurs femmes au pays, avec un stock de sept enfants, dont trois appartenaient à Pierre ; des quatre autres ils en avaient chacun deux.

Les plus jeunes frères étaient fiancés à deux sœurs habitant une ferme voisine. La famille de ces deux jeunes filles devait aider leurs futures belles-sœurs à l'exploitation du bien patrimonial.

Les deux autres hommes étaient des ouvriers agricoles, que leurs maîtres récompensaient de leur bonne conduite en les attachant à leur fortune, et à qui ils avaient donné une part dans les résultats éventuels de l'expédition.

Ces huit hommes robustes, gais, habitués au pénible travail des fermes canadiennes, formaient un groupe solide dont Mme Jeanne était l'âme.

Son mari Pierre était leur chef suprême. Par le nombre ils avaient un avantage immense sur les petites associations que font les chercheurs d'or et qui ne se composent que de deux individus, que le besoin impérieux de ne pas rester isolés a soudés,

mais qui, recrutés le plus souvent à l'aventure et
sans s'être rencontrés ailleurs que dans un bouge
décoré du nom de salon, ne sentent jamais l'un
pour l'autre aucune réelle affection.

Pendant tout le reste du voyage, Simonot s'en-
tretint avec ses nouveaux amis, qui lui donnèrent
une foule de détails véritablement touchants sur
leur manière de vivre. Ces braves gens ont conservés les mœurs et les habitudes de la vieille France;
ils ont la foi naïve du charbonnier du temps de
Henry IV; les curés qui les baptisent, les confes-
sent, les marient et les enterrent, sont les arbitres
souverains de tous leurs actes; ils partagent
l'horreur des vrais croyants pour les œuvres de
Voltaire; ils sont francs et honnêtes, mais impitoyables pour les délits contre les mœurs ou les
biens. Ils n'entendent pas le mot pour rire, mais
ils sont d'excellents travailleurs, toujours fidèles au
maître qui les a engagés.

Ils détestent les Anglais, mais ils les aiment en
comparaison des Américains. Ils ne pardonnent
pas à Louis XVI d'avoir aidé leurs anciens
ennemis à conquérir une indépendance, qu'ils leur
ont arrachée.

Les Lhomond étaient intarissables en racontant
les hauts faits des douaniers de l'Amérique du Nord,

établis sur la langue de terre qu'il faut traverser pour aller au Klondike.

— Vous qui êtes savant, disait Pierre à Simonot, vous qui connaissez les annales du brigandage international, pouvez-vous citer un autre exemple d'une oppression aussi intolérable ?

— Ma foi, répliqua Simonot, je crois que l'on ne trouve de circonstances analogues que dans l'hsitoire de la Colchide, dont les habitants massacraient les étrangers. Il est vrai qu'ils avaient à défendre la Toison d'or. Quand nous passerons par les mains de ces avides officiers de M. Mac Kinley, nous tâcherons d'être aussi heureux que Jason et les autres argonautes.

Le premier port auquel on accoste est celui de Juneau, ainsi appelé parce qu'il a été construit sur un vaste territoire appartenant à un Canadien qui portait ce nom, et qui a fait une grande fortune sans aller au Klondike, mais aux dépens des chercheurs d'or.

Depuis les premiers mois de 1897, le port de Juneau a beaucoup diminué d'importance, parce que l'on en a établi un autre à Dyea, à quelques milles dans l'intérieur des terres et au fond d'un long Fiord. C'est à Dyea que les voyageurs se rendaient.

Malheureusement il n'y a pas assez d'eau pour
que les vapeurs, venant de Vancouver, puissent y
aborder.

On transborda donc les marchandises et les voyageurs, opération assez minutieuse et assez longue,
et qui donne quelquefois lieu à des épisodes tra-
giques ou à des accidents de toute nature, analogues à ceux que nous allons rapporter. Mais, il y a
tant à faire sur la route de Chilcot, que l'on n'est
point à la veille de perfectionner les moyens d'at-
terrir. On ne songera à construire un système de
quais à Dyea, que lorsque l'on aura à lutter contre
quelque voie rivale comme celle de Skagway où
l'on vient d'exécuter des travaux importants. C'est
à cette forme de la guerre qui se nomme la concurrence, qu'il faut attribuer presque tous les progrès.

IV

Au pied de la montagne

Simonot était encore sur le pont de l'*Express* et attendait son tour pour se rendre à bord du petit steamer, lorsqu'il s'aperçut que Pierre se jetait sur un individu et le saisissait à la gorge, tout en criant au voleur. Ce personnage plus que suspect était beaucoup plus âgé que le commun des passagers; il avait environ quarante ans; sa barbe hirsute et ses cheveux broussailleux étaient d'un blanc salé; son front bas, ses pommettes rouges et saillantes, son nez gros et bourgeonnant indiquait un alcoolique; tout dans son allure et dans son costume décélait un louche individu aux instincts pervers.

Ce qui avait allumé la colère de Pierre intéressait Simonot au plus haut degré. Le Canadien

venait de trouver entre les mains de son prisonnier un des colis que le jeune français avait
pris tant de peine à revêtir des marques distinc-
tives de sa propriété.

Le prisonnier se débattait en protestant de son
innocence, mais l'assistance lui était si visiblement
hostile que c'était un homme perdu.

La majeure partie des explications données par
l'accusé était en mauvais anglais, avec un accent
allemand des plus désagréables. Dans son trouble
il lançait de temps en temps des mots tchèques
trahissant sa véritable nationalité, mais ce jargon
polyglotte était loin de produire l'effet de celui de
Panurge, lorsqu'il parut devant Pantagruel, d'après
ce que rapporte le véridique Rabelais.

—Pourquoi tant de discours, criait-on de partout.
Le coquin a mis la main sur une caisse qui ne lui
appartenait point : qu'on l'accroche vite quelque
part, et qu'il n'en soit plus question.

— Mais l'accusé prétend s'être trompé, dit Simonot ; peut-être dit-il vrai, car il ne fait pas bien
clair. Le plus honnête homme du monde est exposé
à se méprendre ! D'ailleurs il me paraît myope !

Cette transformation soudaine de la victime en
avocat de son voleur étonnait beaucoup de monde,
mais il répugnait à Simonot d'être la cause directe

de la mort d'un homme, lequel n'avait d'ailleurs sur la conscience qu'une tentative de vol.

L'intervention du volé arrivait fort à propos ; il était difficile que le juge Lynch ne relachât pas sa proie, si le seul plaignant possible persistait dans son indulgente appréciation du délit. L'accusé qui, se croyant perdu, s'était résigné à la mort et ne disait plus rien se ressaisit avec vigueur. Il se jeta aux genoux de Simonot, qu'il appelait son sauveur, et auquel il adressait une foule de protestations d'un dévouement beaucoup trop bruyant pour avoir quelque sincérité.

— Vous avez tort, monsieur le Français, criait-on de partout, de vous laisser attendrir ; l'occasion est excellente pour être à jamais débarrassé d'un pareil garnement.

Pierre se montrait un des plus animés.

— Comment pouvez-vous croire ce que vous dit ce triste personnage?... Il prétend avoir commis une erreur, mais il ne peut s'être trompé car il n'a pas de bagages ; il suit la caravane sans autre but que de ramasser, comme il a essayé de le faire, le bagage d'autrui.

— Ne croyez pas un mot de ses protestations de reconnaissance, reprit-il avec une nouvelle force après un moment de silence ; j'ai bien le droit de vous demander de m'en débarrasser, car il sera mon ennemi mortel ; s'il peut me porter impunément quelques mauvais coups, soyez certain qu'il n'hésitera pas.

Ce dernier argument avait ébranlé sérieusement la répugnance de Simonot ; il aurait laissé sans doute passer la justice du peuple si Jeanne n'était intervenue au moment où il allait céder.

— Je comprends, mon ami, toute la puissance de votre raisonnement, dit-elle à son mari, mais M. Simonot obéit à un sentiment de générosité qui lui fait honneur, et qui nous portera bonheur. Soyons cléments au moment où nous allons nous exposer à une longue suite de dangers, dans lesquels nous avons besoin de la protection divine !

Ces quelques paroles furent dites d'une voix timide, mais ayant l'accent que donne une conviction profonde. Elles produisirent un véritable effet sur ceux qui purent les entendre, c'est-à-dire sur les hommes dont le coupable était environné, et qui déjà tenaient en main la corde pour l'accrocher.

— Puisque madame le veut, dirent les plus exaltés, sans attendre que Simonot eût répondu, nous allons le lâcher, mais qu'il ne se fasse plus pincer : une autre fois, nous serons sans miséricorde !

Ce petit incident avait amené quelques troubles : il en résulta un certain retard dans les opérations du débarquement, au grand déplaisir de M. Samuel Jameson, officier des douanes de l'Union. Ce personnage n'avait que rang de capitaine, mais il affectait des prétentions qu'aurait désavouées certainement un général de l'armée régulière ; le vainqueur de Cavite, ou de Santiago de Cuba ne portait pas plus beau. La sensiblerie de Simonot lui avait paru déplacée, ridicule, et il avait manifesté brusquement son mécontentement.

— Je ne comprends pas, disait-il, que l'on puisse avoir pitié d'un filou — et il insinuait que pour être accessible à un semblable sentiment, il faut sentir en soi quelques affinités avec ceux qui s'emparent du bien d'autrui. — Je vais éplucher de main de maître les bagages de ce philantrope. Si j'y trouve quelque chose de louche, je les confisquerai avec une certaine volupté.

Quoique Simonot fût d'un naturel assez patient, il avait répliqué vertement qu'après tout un voleur était encore un homme, et qu'il fallait lui laisser le temps de se repentir si l'on ne voulait pas avoir d'affinités avec les bourreaux.

Le capitaine n'avait pas eu besoin de donner le mot à ses subordonnés. Ceux-ci avaient entendu assez de l'altercation pour se dire que le meilleur moyen d'être agréable à leur chef était d'éplucher les paquets de ce français à la répartie vive.

Les douaniers se montrèrent d'une minutie et d'une exigence désespérante pour Simonot. On lui fit ouvrir toutes ses caisses que l'on retourna de toutes les manières possibles, en épiloguant sur chaque objet et en exagérant systématiquement les droits qui n'avaient pas besoin d'être enflés pour être abusifs. On voulait, à toute force, que tout ce que Simonot possédait eût été acheté en France et ne jouît pas des tolérances que le tarif Mac Kinley a été obligé de réserver aux objets de provenance canadienne.

Pierre était certainement le meilleur avocat qui put embrasser la cause de son ami, car il était parfaitement au courant des lois douanières. Il n'y avait point dans la pacotille de Simonot d'article pour lequel il n'eût dû obtenir des rabais considérables ; il réussit pour beaucoup ; cependant il en resta quelques-uns pour lesquels on persista à exiger des droits ruineux. En ce moment Pierre prit Simonot à part et lui dit rapidement à l'oreille:

— Je suis au courant de toutes les manigances

de ces rusés compères ; s'ils font les ânes, c'est pour avoir du son; vous avez omis quelques formalités, ce dont ils profitent pour vous extorquer votre argent. Vous aurez beaucoup plus d'avantage à leur abandonner certaines marchandises qu'ils ne mettront pas en vente pour la réexportation comme le veut le règlement. Ils se les partageront : ce sont leurs bénéfices illicites, et ils y tiennent beaucoup ; nous autres, dans notre pacotille, nous avons quelques objets achetés dans le but d'être ainsi sacrifiés, car nous savons qu'il faut toujours laisser tomber quelque gâteau dans la gueule de ces cerbères.

Simonot suivit immédiatement ce sage conseil, et tout finit par s'apaiser. En attendant leur tour de passer aussi au laminoir, les Canadiens aidèrent Simonot à remettre un certain ordre dans ses bagages bouleversés de la façon la plus odieuse par une visite qui ressemblait plus à une razzia qu'à une opération régulière.

Le capitaine des Douanes fut beaucoup plus coulant pour les Canadiens, qui du reste avaient pris leurs mesures et n'avaient apporté que des objets sur lesquels le doute n'était pas permis, ni comme valeur, ni comme provenance. Ils s'étaient précautionnés de factures en règle et enregistéesr;

ils avaient enfin suivi à la lettre la filière imposée
par les lois nouvelles.

Malgré tout, ils ne crurent pas prudent de se
dispenser de faire comme Simonot le sacrifice,
auquel ils s'étaient d'avance résignés, d'une por-
tion de leur pacotille dont s'emparèrent les avides
préposés.

Simonot rendit à ses nouveaux amis des services
analogues à ceux qu'il en avait reçus, et même
avec usure. Les choses se passèrent si bien que
Simonot se trouva accepté dans la famille Lhomond ; il fut convenu que l'on s'associerait pour le
voyage à Dawson ; le traité d'alliance fut scellé par
un verre de whisky et une bonne poignée de mains.
On dressa deux tentes et l'on se mit à faire la
cuisine, c'est-à-dire à réchauffer les vivres que l'on
avait apportés, tout préparés dans des boîtes.

Simonot était tellement fatigué qu'il s'endormit
sans songer que l'Express repartait le lendemain
même de Juneau pour l'île de Vancouver et qu'il
perdait une excellente occasion pour envoyer une
première correspondance à Paris, pour apprendre
au banquier et à sa mère les excellents débuts
de son expédition. Il n'était plus seul, isolé, sans
amis, au milieu d'une foule tumultueuse, égoïste et
brutale. C'était presque en famille qu'il allait

chasser l'or dans les déserts du Klondike. Lorsqu'il
se réveilla, le steamer était parti depuis une
heure et il n'était que temps de se préparer à faire
la première étape. Elle n'est pas longue, on peut
même se procurer de mauvaises charrettes qui
dispensent de la faire à pied.

Les Lhomond arrivèrent en très peu de temps à
un campement placé juste au pied d'un escarpement
assez raide pour que les voitures ne pussent aller
plus loin. A cet endroit, se tiennent un certain
nombre d'individus dont le métier consiste à vendre
des traîneaux, la plupart d'occasion, mais fort
légers et très solides.

Il y a quelque temps, les voyageurs les fabri-
quaient sur place avec les branches des arbres que
l'on trouvait en abondance, dans la forêt même
que l'on avait alors à traverser, mais tous les troncs
ont disparu rapidement devant la cognée des
bûcherons. Les voyageurs qui grimpent à Chilcot
reçoivent en plein le vent du large, fort humide,
puisqu'ils traverse le Pacifique, et qui, dans la
saison froide, donne naissance à de terribles masses
de neiges, s'accumulant dans les ravins, où elles
arrivent à une hauteur inouïe. Malheur aux infortunés qui s'y trouveraient surpris par la tempête.

Les marchands de traîneaux ont cru se montrer

fort habiles en se syndiquant pour tenir la dragée
haute aux émigrants, mais de leur côté, ceux-ci ont
trouvé des trucs pour se dérober à une révoltante
exploitation.

Les Simonot, qui étaient une société toute formée, se bornèrent à acheter trois traîneaux à l'aide
desquels ils imaginèrent de transporter douze
charges, en faisant quatre voyages successifs
d'étape en étape, et avec autant de points de sta-
tionnements qu'il en faudrait.

Mme Jeanne resta avec le plus jeune des frères
Lhomond à veiller sur le dépôt formé par les
marchandises qu'on ne pouvait emporter dans la
première expédition, et les traîneaux partirent,
poussés par les sept autres voyageurs auxquels
naturellement Simonot s'était joint.

Tout ce que nous racontons est maintenant de
l'histoire ancienne, car la locomotion sur la pente
de Chilcot a été sensiblement améliorée. Il n'y a que
la situation politique du pays qui ait empiré, car les
faciles succès remportés sur les Espagnols ont
rendu les Américains encore plus arrogants et
plus exigeants.

Les Anglais regrettent peut-être déjà de s'être
laissé prendre aux protestations d'amitié que le
cabinet de Washington leur a prodigués, aussi

longtemps qu'ils leur rendaient le service de retenir le courroux de l'Europe ameutée par la mauvaise foi et le cynisme avec lesquels la catastrophe fortuite du Maine, provenant de l'infernale poudre noire, qui part toute seule, a été odieusement exploitée.

Dans certains passages, la couche était si épaisse, que les huit hommes devaient s'atteler tous au traîneau de tête pour le faire avancer. Une fois le passage difficile franchi, on faisait de même pour les deux autres, en ayant soin de leur faire suivre le sillon que le premier avait tracé.

Après avoir fait deux fois ce manège, les voyageurs étaient assis sur de grosses pierres, pour se reposer un peu avant de continuer leur pénible ascension. Tout d'un coup, ils entendirent un grand bruit dans la montagne ; à peine avaient-ils eu le temps de lever la tête, qu'ils voyaient passer, à quelques mètres de leurs traîneaux, un tourbillon de neiges, de pierres, de terres et de glaces. C'était une furieuse avalanche qui allait se précipiter, avec un fracas épouvantable, dans le fond d'un abîme, situé à quelque distance.

Les Canadiens avaient éprouvé une terreur si vive, qu'ils se précipitèrent à genoux sur la neige, pour remercier Saint-Joseph d'avoir échappé :

c'était à la protection de ce saint qu'ils attribuaient la route que l'avalanche avait choisie. Mais Simonot, qui voyait la pente générale du terrain, n'était point de leur avis, et restait tranquillement assis. Un peu surpris par cette explosion spontanée et non concertée de dévotion naïve, il n'était en aucune façon disposé à se joindre à ces effusions ; il regardait avec soin le côté de la montagne d'où l'avalanche était partie, et il ne paraissait que très médiocrement disposé à lui attribuer une origine surnaturelle. Bientôt il se dressa brusquement sur ses pieds.

Il était fixé : l'avalanche était artificielle, elle avait été provoquée par une main criminelle. Le doute n'était plus possible maintenant ; on entendait des coups de fusil dans le lointain.

Des voyageurs tiraient sur des individus que l'on avait vu passer dans le haut. On cherchait à atteindre des rôdeurs, précipitant des quartiers de rochers sur des voyageurs isolés afin de les écraser et de piller leurs traîneaux.

Comme ces misérables avaient déjà réussi deux ou trois fois, on surveillait la montagne, et dès que l'on apercevait des individus suspects, on tâchait de les abattre sans aucune sommation.

Mais il était rare que l'on pût les attraper, car,

dès qu'ils se voyaient découverts, ils se jetaient à plat-ventre et rampaient pour gagner un lieu où ils se trouvaient à l'abri. La petite caravane se traîna ainsi dans cette seconde journée, jusqu'à une sorte de tertre où l'on avait établi des tentes pareilles à celles qui étaient au bas de l'escarpement.

Lorsque les Lhomond et Simonot arrivèrent, très fatigués, le soleil était près de l'horizon, mais le spectacle était si surprenant qu'il n'était pas possible de ne pas l'admirer.

Cette plate-forme naturelle, qui avait plus d'un hectare, était à environ quatre cents mètres du Pacifique, et par conséquent assez élevée pour que l'on pût apercevoir la mer entre deux hautes éminences, qui encadraient merveilleusement un paysage véritablement féerique.

En se retournant, on avait devant les yeux le reste de la montagne, on se rendait compte de l'immensité de l'effort que l'on avait encore à faire pour atteindre la passe de Chilcot, qui paraissait comme une fente à peine visible, dans une muraille absolument infranchissable. Cet aspect n'avait rien de très rassurant. Il était évident que livrés à leurs propres forces, les émigrants n'arriveraient jamais à tripler l'étape qu'ils avaient eu déjà tant de mal à faire, dans des conditions bien moins difficiles. Quelqu'ingénieux qu'il fût, le plan des Lhomond était impraticable s'il n'était complété.

Heureusement, il y avait sur ce tertre une demi-douzaine de tentes autour desquelles ils allaient trouver les bras dont ils avaient besoin.

Sur cette plate-forme, qui se présentait d'une façon si opportune, errait une troupe d'une cinquantaine de chiens-loups de forte taille, mais à l'air assez doux. Il y avait aussi auprès d'une cabane en branchages une demi-douzaine d'Indiens, qui étaient vêtus de peaux, étaient chaussés de mocassins et portaient sur la tête une couronne de plumes de héron, de véritables Indiens tels que Cooper les décrit dans ses romans.

Un de ces individus se détacha du groupe qui se chauffait autour d'un maigre feu, où rôtissait un cuissot de venaison. En un bon français canadien, il offrit aux voyageurs le concours des chiens de la tribu.

Moyennant une rétribution d'un dollar par tête, ils permettaient de les atteler jusqu'à Chilcot; arrivés au sommet, on n'aurait qu'à les détacher après leur avoir donné à manger, une ration de saumon séché, qui constitue toute leur nourriture, et que les Indiens fournissaient par-dessus le marché.

Guidés par leur instinct, les chiens reviendraient
à la plate-forme pour recommencer le même
commerce.

L'Indien conseillait d'en attacher deux à chaque
traineau ; comme il y avait douze charges, c'était
une somme de cent vingt dollars, c'était à prendre
ou à laisser. Pas moyen de marchander. Dans le
haut, il se présente un pas terrible, qu'on ne pour-
ra peut-être pas franchir sans un secours supplé-
mentaire, mais on trouvera d'autres Indiens Pieds-
Noirs, avec lesquels on s'arrangera sans difficulté.

L'Indien offrit en outre de vendre, pour l'usage
personnel des voyageurs, des rations de saumon
que l'on trouve en quantité innombrable dans le
Yukon et dans tous ses affluents. Ce poisson est
d'une abondance telle, que c'est sous le nom de
rivière Saumon, que le Yukon est connu dans les
cartes de géographie, datant du commencement de
ce siècle. On peut dire qu'il est la grande ressource
des mineurs, qu'il empêche de mourir de faim.
Il a une chair excellente, très nutritive et qui
est facile à digérer, mais elle est imprégnée d'une
sorte d'huile, ce qui fait que l'on s'en fatigue quand
on en mange trop souvent, et que l'on arrive à
concevoir un insurmontable dégoût.

Les chiens n'ont pas de ces délicatesses, et n'ont

jamais besoin d'autre chose, mais les mineurs du Yukon donneraient raison aux servantes d'Ecosse, qui ne manquent jamais d'introduire, dans leurs contrats de louage, une clause portant qu'on ne leur en donnera pas plus de quatre fois par semaine.

Aussitôt après avoir conclu le marché avec l'Indien, les Canadiens se mirent à faire leur installation, c'est-à-dire à s'emparer des deux cabanes banales qui sont à la disposition des premiers occupants, et dans lesquelles se succèdent, sans interruption, des générations de voyageurs, pendant tout le temps où la passe de Chilcot est praticable.

On rangea les traîneaux et les marchandises auprès des deux cabanes que l'on avait adoptées, et l'on tira, d'un tas rangé à part, les sacs de campement, où l'on se fourra sans se déshabiller, car jamais, au Klondike, on ne se dépouille pour se coucher. Les draps de lit sont un luxe complètement ignoré. L'excès de propreté que l'on se permet de temps en temps, c'est de soulever quelques fois les vêtements, pour gratter la crasse dont on est recouvert, comme d'une espèce de badigeon. Gens de précaution, les Lhomond avaient apporté, du Canada, une casserolle dans laquelle ils firent chauffer du Liebig avec de la neige ; on y cassa du biscuit en y ajoutant un peu de sel : ce fut le potage. Le seul plat pour l'accompagner fut une conserve de bœuf qu'ils firent dégeler ; un peu de neige fondue, aérée en la versant plusieurs fois d'un vase dans l'autre, dût suffire, comme boisson. Cependant la fatigue ne tarda pas à jeter dans le sommeil les voyageurs, et à leur faire oublier le maigre repas.

Ils s'endormirent en faisant des rêves d'or, et quand ils se réveillèrent, il était déjà tard, les autres traîneaux étaient déjà loin. C'est à grand peine qu'ils purent réunir les chiens qu'ils avaient retenus.

Ce qui est pire, c'est qu'ils n'eurent que le rebut des attelages, car les chercheurs d'or qui étaient partis avant eux avaient choisi naturellement les meilleurs ; la meute avait été écrémée.

Les chiens dont ils étaient obligés de se contenter, à moins d'attendre les retours de Chilcot, étaient loin de justifier la bonne réputation dont ils jouissent dans le monde entier.

C'étaient sans doute des animaux qui étaient malades, car ils ne voulaient pas manger leur ration de saumon. Pour les déterminer à tirer, il fallait les rouer de coups.

C'est à ce métier que Simonot fut spécialement employé.

Il avait choisi cette fonction parce qu'elle le dispensait de tirer la bretelle comme ses associés, mais il s'en repentit plus d'une fois, car il fallut, pour ainsi dire, taper sans interruption, depuis le départ jusqu'à la station où l'on rencontra les autres Indiens, dont les maîtres des chiens leur avaient parlé.

Ces hommes rouges appartiennent à la même tribu qui pendant des siècles a été une des plus obscures des Pieds-Noirs, mais la découverte des mines d'or lui a donné une importance telle, qu'elle est aujourd'hui à la tête de la nation. Ils ont gagné des sommes prodigieuses, car ce que n'avaient pas dit les maîtres des chiens, leurs compères et leurs associés, on leur donne quatre dollars par traîneau pour parcourir une étape que l'on fait en deux ou trois heures, mais de laquelle on ne viendrait point à bout sans eux. C'est à peine si les visages pâles les plus agiles réussiraient à se remorquer tout seul et sans aucun bagage, si les Indiens ne les y aidaient.

C'est un spectacle inouï que de les voir tirer d'une main le traîneau, et de l'autre s'accrocher, avec une adresse et une vigueur incomparables, à des branches d'arbres, à des racines, à des rochers. Ils se mettent deux et quelquefois trois ou quatre pour tirer, pousser, remorquer un traîneau qu'ils se passent de main en main.

En effet, la tribu a une manière tout à fait originale de faire son service. Elle est répartie toute entière des deux côtés de la route, qui n'a pas plus de cinq à six cents mètres de long pour une différence de quatre cents mètres de haut, et qui est droite comme une échelle. Chacun des couples de Pieds-Noirs n'a qu'une vingtaine de mètres à faire parcourir au fardeau qu'on lui transmet.

En deux heures chaque traîneau passe ainsi par les mains de tous les Indiens Chilcots qui sont de corvée et qui représentent la moitié de la tribu, car ils se reposent chacun un jour, et le lendemain ils recommencent leur lucratif métier.

Leur costume semble beaucoup plus pittoresque encore que lorsqu'ils sont tranquilles à fumer leur calumet. Leurs peaux de fauve les serrent avec tant d'élégance, qu'il semble que ce soit la nature qui leur ait fait présent de ce pelage.

Les cris rauques et sifflants qu'ils font entendre pour s'encourager, s'avertir, coordonner leurs efforts, ajoutent à l'illusion ; on les prendrait volontiers pour des animaux dressés à exécuter une manœuvre qui n'est pas au-dessus de l'instinct discipliné par la raison de leurs instructeurs.

Généralement, comme nous l'avons dit, les Indiens portent des mocassins, espèce de chaussures nationales faites avec des peaux serrées autour du pied.

Mais lorsqu'ils travaillent pour hisser les traîneaux dans ce pas difficile, ils se mettent pieds nus, parce que leur gros orteil leur rend des services signalés. On comprend, du reste, qu'ils aient à peine assez de tous leurs membres pour arriver au bout de leur tâche, car les émigrants attelés aux traîneaux ne leur rendent aucun service. Incapables de marcher sur une pente aussi raide, la plupart cessent de pousser et se contentent de s'accrocher pour se faire eux-mêmes remorquer.

Les Chilcots sont tellement habitués à ce supplément de poids, qu'ils ne font jamais entendre la moindre réclamation.

La campagne de 1898 a été la dernière pendant laquelle les Chilcots ont fait le service de la passe. Depuis lors, on a transporté au sommet une poulie géante que les ingénieurs ont fixée pendant la belle saison à l'aide d'énormes massifs en maçonnerie.

Au bas, c'est-à-dire sur le tertre ou se trouvaient

les chiens, on a installé une machine à vapeur de
cinquante chevaux, faisant tourner un grand
cylindre en bois sur lequel s'enroule le câble
monstre qui embrasse la poulie du haut. On est
parvenu à organiser un espèce de va-et-vient d'une
puissance suffisante pour répondre à tous les
besoins de la traction. Les émigrants qui veulent
monter accrochent aux câbles tous leurs bagages
et s'y cramponnent eux-mêmes. Tout le long de la
montagne s'avance lentement un prodigieux cordon
de paquets et d'êtres vivants. De loin, l'aspect est
semblable à celui d'une liane phénoménale couverte de pucerons lanigères. Telle est la forme
bizarre que prend la civilisation en s'étendant
dans ces régions si rebelles au progrès, mais qui
doivent à leur tour être entraînés dans la marche
triomphale de l'éternel avenir.

Cet emploi du principe des chemins de fer funi-
culaires est tellement indiqué par la nature des
choses, qu'il a affermi la prépondérance de la ligne
des lacs, dans les rapports du Klondike avec le
reste du monde. En effet, Chilcot est le point cul-
minant de la route directe des chercheurs d'or ;
quand ils sont arrivés à cette altitude de douze
cents mètres, ils n'ont plus qu'à descendre ; la
pesanteur, qui était l'ennemie impitoyable con-

tre laquelle ils avaient à lutter, devient leur plus fidèle alliée. Si le Canada fait tant d'efforts pour atteindre le pays de l'or en prolongeant les lignes du Pacifique, c'est pour échapper à l'oppression des gardes-côtes Yankees, beaucoup plus que pour éviter de franchir les passes de la chaîne dont on viendra facilement à bout. Les grandes difficultés proviennent du mauvais vouloir d'un peuple qui se croit tout permis.

V

Pour un cuissot de Carribou

Il était temps que le premier traîneau arrivât à Chilcot, Simonot ne pouvait plus remuer ni pied ni patte ; c'est sans son aide que les Lhomond dressèrent la tente autour de laquelle toute leur pacotille devait être successivement rangée, et sous laquelle ils devaient commencer par se reposer en ce moment du colossal coup de collier qu'ils venaient de donner pour y amener le premier traîneau. C'est donc avec une satisfaction inexprimable qu'il apprit que, cette fois, Pierre lui réservait la fonction de garde-magasin.

Comme la cargaison du premier traîneau ne représentait pas un grand volume et qu'elle était rangée à portée de Simonot, celui-ci s'endormit du sommeil du juste. Il était plus de deux heures du matin lorsqu'il se réveilla, tout à fait remis de sa fatigue, mais avec un appétit infernal, d'autant plus difficile à satisfaire, qu'à Chilcot, il n'y a pas de restaurant. Il se mit donc à dévorer des sardines, du saucisson, du pain et du fromage, en réfléchissant aux douceurs de la soupe chaude et du thé brûlant qu'il pourrait s'offrir, si Mme Jeanne était déjà montée.

Comme tous les endroits où s'amasse une foule considérable, Chilcot est le séjour permanent d'une foule de vagabonds cherchant à se rendre utiles, quand ils n'ont pas trouvé l'occasion de se rendre nuisibles par quelque méfait.

Un de ces individus interlopes vint humblement offrir ses services à Simonot; il serait difficile de décrire l'état sordide dans lequel se trouvait ce mendiant. C'était un métis d'Indien et de Yankee. De petite taille, malgré les peaux rapiécées dont il était plus ou moins couvert, on voyait qu'il était très faible et incapable d'aucun effort sérieux. Il avait la figure terreuse, les cheveux très longs et les yeux sans aucune expression.

— Master, dit-il, voulez-vous un gigot de carribou — et il en découvrit un, fort appétissant, qu'il tenait caché dans un linge et qu'il avait de la

peine à porter à la main, car il devait peser
pas mal de kilos.

— Voilà une très belle pièce, fit Simonot ; qu'en
demandez-vous ?

— Vingt dollars, et c'est pour rien, mais j'ai
perdu hier tout mon argent dans le « salon », et je
n'ai plus même de quoi acheter une ration de
whisky, ajouta le vagabond en faisant une grimace
qui avait la prétention de ressembler à un sourire.

L'offre était tentante, car il y avait de quoi ré-
galer toute la société de viande fraîche, lorsque
Mme Jeanne aurait exécuté son ascension.

Le carribou est un grand cerf, ou plutôt une espèce
de renne sauvage dont la chair est parfumée et qui
vivait en grande abondance dans ces régions, avant
que la passe de Chilcot ne fut fréquentée par les
chercheurs d'or. Mais depuis que les forêts ont
disparu, les carribous se sont réfugiés dans les grands
bois situés à l'Est, et il faut actuellement faire au
moins soixante kilomètres pour avoir quelques
chances d'en rencontrer.

— Ma foi, dit Simonot, ce n'est pas trop cher,
et je veux bien vous l'acheter... voici vos dollars.

Simonot prit alors le gigot, le soupesa, et consta-
tant ainsi le poids considérable de ce morceau de
choix, il se réjouissait déjà de le voir rôtir, de sen-

tir son fumet et de l'ingurgiter en compagnie de
ses amis, quand subitement un soupçon lui vint à
l'esprit. A peine avait-il reçu son argent, que
l'inconnu s'était retiré avec une prestesse singulière.
Vivement intrigué, Simonot se précipita hors de la
tente pour rappeler cet homme et l'interroger, mais
celui-ci avait déjà disparu et il était impossible de
deviner la direction qu'il avait pu prendre. Crai-
gnant sérieusement d'avoir eu à faire à un voleur,
Simonot fit quelques pas autour de sa tente pour
apercevoir l'individu ; un peu désappointé, mais
résigné, il allait rentrer, toujours le gigot à la main,
lorsque des cris, des vociférations lui firent retourner la tête.

Une bande de mineurs arrivait au galop; en
avant courait un homme de haute stature, l'air
furieux, brandissant une carabine. En apercevant
Simonot, il s'écria aussitôt.

— Le voilà, le voilà !

Et il le saisit au collet.

— Morbleu ! voulez-vous me laisser tranquille, ou
je vais vous casser la tête ! répliqua Simonot, en
reculant si vivement que le nouveau venu fut
obligé de lâcher prise.

Puis fouillant dans sa poche, il en tira un
revolver qu'il mit sous le nez de son agresseur.

A peine avait-il exécuté ce mouvement, que quatre ou cinq mineurs le réduisaient à l'impuissance. Il avait eu, cependant, le temps de presser sur la gachette et de faire feu, mais le coup n'atteignit personne; il n'eût d'autre effet que d'attirer rapidement une foule considérable surgissant de tous côtés; cependant cette affluence suffit pour faire son salut, car la demi-douzaine de brutes qui l'avaient ligoté l'auraient infailliblement expédié sur le champ, si quelques individus de bon sens n'avaient réclamé, en hurlant de toutes leurs forces qu'avant de pendre, on commençait par interroger.

Parmi les cent cinquante personnes qui entouraient Simonot, on remarquait les deux déesses du gin et du jeu, qui étaient sorties du salon où le vendeur de carribou prétendait avoir perdu un or qu'il n'avait sans doute jamais possédé.

Ces deux Vénus n'avaient pas des intentions très pacifiques; elles paraissaient fort animées et tenaient, de chaque main, un pistolet qu'elles maniaient avec une certaine ostentation.

Ces échantillons du sexe aimable, échelonné dans les différentes stations de la route du Klondike, n'avaient pas pris le temps de retirer leurs bijoux en cuivre doré et leurs diamants, qui n'étaient

même pas du strass de première catégorie ; ces
ornements, qui produisaient quelqu'effet à la lueur
des lampes à pétrole de leur repaire, faisaient la
plus triste figure sous les rayons dont Phœbus les
inondait un peu traîtreusement.

Les plus aveugles de leurs adorateurs distin-
guaient très bien les fausses nattes dont les cheveux filasse étaient entremêlés ; on voyait à merveille le blanc et le rouge dont les joues ridées
et fanées étaient audacieusement plâtrées. Si ces
deux mégères avaient ainsi bravé la lumière et
ses révélations, c'était qu'elles espéraient assister
à une exécution, spectacle dont elles raffolaient,
et qui ne leur était offert malheureusement que
trop souvent, mais pas assez, à leur gré... Ces
coureuses de gibet étaient aussi passionnées que
l'étaient leurs vénérables ancêtres, les tricoteuses,
pour la guillotine.

Si Simonot n'avait pas connu admirablement
l'Anglais, il périssait infailliblement, victime de
fureurs d'autant plus dangereuses, qu'elles étaient
moins fondées.

Ce n'est pas sans peine qu'il parvint à se faire
entendre de la foule.

Il semblait en effet que toute explication fut
inutile, puisqu'on l'avait surpris tenant encore

en main ce qu'on appelait la pièce à conviction.
S'il échappa à la corde, c'est surtout à cause de
l'intervention d'une douzaine de Chilcots, qui en
voyant qu'il était Français prirent immédiatement
son parti sans savoir de quoi il s'agissait ; ces
braves sauvages furent aidés par trois Canadiens
de la province de Québec, qui, la veille, avaient vu
Simonot avec les Lhomond qu'ils connaissaient
très bien, et qui s'intéressaient à lui en vertu du
proverbe : « les amis de nos amis sont nos amis. »
Les Lhomond eux-mêmes ne tardèrent pas à se
montrer avec leurs traîneaux ; par bonheur ils arrivaient un jour plutôt que Simonot ne les attendait.
Cette entrée en scène, au moment psychologique,
acheva de mettre fin à une discussion qui allait
devenir tragique ; la bonne foi de Simonot fut
reconnue et proclamée ; pour bien établir la réconci-
liation, le propriétaire du gigot de carribou consen-
tit à laisser cette victuaille pour le prix de quarante dollars, qui était à peu près sa valeur, mais
qu'il fallut payer sans tenir compte du versement
qui avait été déjà fait. Il ajouta de plus la condition qu'il serait invité au festin dont son cuissot
ferait la majeure partie des frais.

Après enquête, on reconnut que le voleur était
un individu qui rôdait depuis quelques jours auprès

du campement. Il était probable que, pour se dérober aux recherches, il était rapidement descendu jusqu'au pied de la montagne. Comme il était important de le pincer, on décida que Simonot et le propriétaire du cuissot s'y rendraient pour tâcher de le reconnaître ; Simonot accepta d'autant plus facilement qu'il avait formé le projet de descendre afin d'aider à remorquer le traîneau de Mme Jeanne.

Après avoir avalé le whisky réglementaire et pris un repas réchauffé, Simonot descendit gaîment la pente en compagnie d'un homme qui faisait l'empressé auprès de lui, mais auquel il ne pouvait pardonner l'agression dont il avait failli être victime. Ce qui le rendait si difficile à se réconcilier avec son adversaire, ce n'était pas une rancune inexcusable ; il lui semblait que ce personnage n'était pas, comme on dit, franc du collier, et qu'en s'attachant ainsi à ses pas, il nourrissait quelque dessein secret. Ses soupçons, qui n'étaient que vagues, auraient pris de la force et de la précision, s'il avait pu deviner quelle était la carrière de son compagnon qui répondait au nom de Josiah Jollymann.

Jollymann avait été pendant plusieurs années un des sollicitors les plus retors et des plus tarés de la Métropole Britannique, ce qui n'est pas peu dire, car ces officiers ministériels reconnaissent eux-

mêmes qu'ils sont l'écume des hommes de loi des
deux hémisphères ; auprès d'eux les avoués Français
sont des modèles de vertu. Comment en serait-il
autrement ?... en Angleterre les pirates du papier
timbré ne sont soumis à aucune espèce de
surveillance. Aux fonctions déjà fort scabreuses
d'avoué, ils ajoutent encore celles, bien plus compro-
mettantes, d'huissier ; ce qui leur permet de cumu-
ler les défauts de ces deux professions délicates.
Le tour qui avait déterminé ce gredin à abandonner
le théâtre de ces exploits était caractéristique. Il
avait imaginé un faux procès, qu'il avait fait durer
pendant deux ans, et fait gagner à coup de livres
sterlings par un client qui en réalité n'avait pas
d'adversaires. C'était lui-même qui, sous un nom
supposé, rédigeait les significations qu'il montrait à
sa dupe. Le prétendu avocat, dont celle-ci acquit-
tait généreusement les honoraires, n'était autre
qu'un de ses clercs déguisé.

De même que Simonot, Jollymann était détaché
au Klondike par une maison de banque, mais ses
instructions n'étaient pas seulement de faire l'acquisition de bons claims dont l'exploitation fut fructueuse pour ses clients, il avait comme instruction
d'empêcher que des compagnies qui n'étaient
point composées des sujets de sa Majesté, fissent

de même dans la nouvelle Californie des neiges.

Les patrons de Jollymann, qui appartenaient à la haute société britannique, lui avaient surtout donné pour mission d'écarter nos compatriotes, qui étaient considérés comme bien plus dangereux pour la prépondérance britannique que des Allemands, des Italiens ou des Russes.

Si les Français étaient assez intelligents pour s'entendre avec les Canadiens, ils n'auraient pas besoin de déplorer les funestes et lugubres traités de 1763 ; il leur serait facile de les rendre inutiles. En effet, si la race Anglaise est parvenue à lutter contre l'étonnante fécondité des Canadiens de race Française, c'est que l'Angleterre est seule à envoyer des colons dans cette vaste et admirable contrée.

La haute administration Anglaise fait preuve d'une astuce et d'une habileté incroyables pour empêcher un mouvement d'émigration française de se produire. Elle a été jusqu'à circonvenir un ministre de la République et lui inspirer une circulaire adressée en 1898 à tous les préfets pour engager nos concitoyens à ne point aller au Klondike, sous prétexte qu'il n'y a rien à faire pour eux dans cette région. On a vu le gouvernement Anglais de Londres envoyer à Chilcot de faux agents chargés d'égarer les émigrants Français, de les conduire dans les endroits inextricables, de les abandonner ou même de les faire assassiner, ce qui somme toute, est peut-être plus humain.

Mais de tous les ennemis de notre prépondérance, il faut bien l'avouer, c'est nous qui sommes les pires.

VI

Une exécution

Simonot fut bientôt arrivé à la plate-forme intermédiaire où les Chilcots s'attelaient aux traîneaux. La première personne qu'il aperçut fut Mme Jeanne qu'il croyait encore au pied de la montagne. Cette agréable surprise fut bientôt expliquée.

Mme Lhomond avait rencontré une famille de paysans canadiens, d'un village voisin, qui voulaient, eux aussi, trouver leur fortune au Klondike. Ils avaient apporté de Québec un grand nombre de traîneaux, dont ils devraient faire commerce sur la route. Ils avaient également, avec eux, une belle meute de chiens. Comme ils étaient redevables à Mme Jeanne d'une foule de services, ils saisirent l'occasion qui s'offrait pour s'acquitter en lui faisant parcourir la seconde étape, sans qu'il lui en coutât un sou.

Les Chilcots sont, comme tous les Indiens, très bavards et très démonstratifs; mais ils ont le culte de la mère de famille, aussi avaient-ils reçu la fermière canadienne avec de grandes démonstrations de respect et d'amitié.

Pendant qu'on s'expliquait et qu'on se félicitait de l'heureuse rencontre, Simonot aperçut un visage de connaissance : c'était son voleur qui regardait la scène avec une certaine curiosité. Ayant entrevu la silhouette de l'homme dont la présence devait être infiniment gênante, le bandit fit un mouvement brusque en arrière : ce fut précisément ce qui le perdit. Simonot, qui était encore dans l'incertitude, se trouva fixé et se précipita sur le coquin comme un faucon sur un faisan. Avant qu'il eût le temps de se dissimuler dans la foule, le coupable était saisi au collet.

— Ah ! voilà mon voleur de gigot ! s'écria-t-il à haute voix.

— Un voleur ! un voleur !... — Tout le monde se précipita autour des deux hommes.

— Un voleur !... Songez, monsieur, à ce que vous dites, reprit avec calme l'individu que Simonot tenait solidement ; je suis le plus honnête homme que la terre ait porté.

— Un honnête homme, répliqua vivement Simonot

sans lâcher son prisonnier, un honnête homme qui
m'a vendu un cuissot de carribou qu'il a volé et
qui s'est sauvé quand il a vu approcher le véritable
propriétaire que voici.

— Mais je suis un chasseur de profession.

— Un chasseur !... Où est votre carabine ? où sont
vos cartouches ?... C'est dans les tentes que vous
chassez, répliqua durement Jollymann ; ce que dit
monsieur Simonot est l'exacte vérité, je le jurerais
sur la bible... Avez-vous une bible à me faire baiser ?

— En voilà une, répliqua un grand sec, tout de
noir habillé qui avait un chapeau rond, un manteau court, les cheveux plats et la mine d'un prédi-
cant, ou d'un officier de l'armée du Salut.

Jollyman prit le livre relié en étoffe noire
avec un air de solennité et de componction singu-
lières, et appliqua avec force ses deux lèvres sur la
couverture crasseuse.

L'effet de cette démonstration fut foudroyant ;
l'accusé balbutia quelques mots sans suite, il sentit qu'il était perdu.

Le bruit de ce baiser avait sonné au fond de toutes les consciences, comme un glas funèbre... Les
cris : « à mort ! à mort ! » retentirent de partout.

Deux solides gaillards se saisirent chacun d'un
bras du condamné, et on les attacha solidement

tous deux derrière le dos, en les serrant avec tant
de force, que le sang sortit par les pores de la peau.
Le malheureux poussa un cri qui ressemblait à une
sorte de rugissement, auquel personne ne fit attention.

Comme nous l'avons déjà dit, les arbres qui déco-
raient jadis les abords de la passe de Chilcot ont
disparu sous la cognée des premiers voyageurs qui
ont eu besoin de se chauffer. Ces mineurs igno-
rants et égoïstes n'ont point même pensé à laisser
quelques baliveaux isolés pour les futures pen-
daisons.

On aurait donc été obligé de faire grâce au pauvre diable, faute de trouver quelque branche pour
l'accrocher, si M. Josiah Jollyman n'eut avisé un
poteau d'une ligne télégraphique que l'on était en
train de construire dans la direction de Dyea.

Mme Jeanne voyait avec une peine visible les
sinistres préparatifs. Elle avait espéré que, la fureur
populaire se calmant, le patient serait arraché à
son triste sort... Celui-ci avait repris courage en
voyant qu'une femme entourée de respect s'intéressait à lui. Profitant d'un instant de répit, il s'était
traîné jusqu'à elle et jeté à ses pieds.

Charles Simonot, qui au fond du cœur était toujours porté pour l'indulgence, en était aux regrets de

n'avoir pas laissé son voleur se faire pendre ailleurs.

— En somme c'est raide, bien raide, disait-il, que de pendre un homme pour un cuissot de carribou. Cela nous ramène au moyen-âge où l'on traitait de même les manants qui braconnaient.

Stimulée par l'appel du misérable, Mme Jeanne protestait avec énergie contre toute exécution. Elle jetait les hauts cris.

— Jamais, dit-elle, je ne gouterai à cette viande maudite qui aura coûté la vie à un homme, il me semblerait que je serais une anthropophage. Vous avez beau l'avoir payé soixante dollards, pour moi, il est acheté avec du sang humain.

Les Indiens écoutaient la squaw des Visages-Pâles, mais quoique, ils ne pussent pas y comprendre grand'chose, car le Français qu'ils parlent est tout à fait rudimentaire, ils sentaient bien que c'était la clémence qu'elle recommandait. Leur irritation, qui était fort grande au début, était visiblement calmée. Parmi les visages pâles, dont la plupart ne parlaient que l'anglais, l'effet produit était bien moindre ; cependant il était évident que la situation se détendait.

Mais un sursis ou une grâce n'était pas l'affaire de Jollymann, qui continuait sa propagande néfaste avec d'autant plus d'ardeur, que les instances de Mme Jeanne semblaient produire quelqu'effet.

Depuis le commencement de ce drame, Jolly-mann avait assez habilement manœuvré, pour que le voleur, qui du reste était ahuri, ne le vit pas de face. Mais dans son ardeur à combattre les argu-ments de Mme Jeanne, il fit un mouvement qui le mit nez à nez avec l'accusé.

Dès que celui-ci l'eut aperçu, il fit un haut-le-corps si violent, que ceux qui le tenaient le lâchè-rent un instant.

— Comment ! c'est toi, misérable, qui m'accuse ! dit-il à Jollymann avec une violence extraordinaire; mais c'est toi, scélérat, qui est le vrai coupable !... Il n'y a de coupable que toi... Ce cuissot de carri-bou, c'est toi qui me l'as mis entre les mains... c'est toi...

Quand Jollymann vit la tournure que prenait le débat, il lui jeta autour du cou un cordeau qu'il tenait à la main, et il serra si fort qu'il l'étrangla sur le champ : on ne hissa plus qu'un cadavre au sommet du poteau télégraphique.

Le mouvement avait été si rapide, que Simonot n'avait pu l'empêcher, mais il lui était resté dans le cœur d'étranges soupçons, car les dernières paroles du supplicié ne lui avaient pas échappé.

et il s'écarta de Jollymann avec un dégoût plus
grand que celui que peut inspirer le contact d'un
bourreau.

Ce sentiment intuitif est au premier rang de
ceux dont, surtout au Klondike, on ne doit jamais
négliger de tenir compte ; c'est en quelque sorte
un avertissement de la nature, qu'un prudent
chercheur d'or n'oubliera sous aucun prétexte.

VII

Visite aux squaws du lac Cratère

Chilcot n'est point un lieu où les émigrants se plaisent à séjourner plus longtemps qu'il n'est nécessaire, strictement nécessaire. En effet, il est exposé à des avalanches, et le vent qui souffle à travers la passe est d'une température terriblement basse. Aussitôt qu'on peut le faire, on se hâte de descendre une pente assez raide, mais très praticable, qui conduit facilement à deux cents mètres plus bas, au bord d'un petit lac, appelé le lac Cratère.

Ainsi que son nom l'indique d'une façon suffisante, des eaux se sont accumulées dans le cirque même d'un ancien volcan ; les laves se sont tassées et consolidées de façon à constituer une roche solide. On dirait que ce bassin singulier a été taillé à

main d'homme dans une prodigieuse couche de
pierres. Il est rempli d'une onde pure et limpide,
mais presque toujours gelée, il semble que la pro-
fondeur de cette excavation soit prodigieuse et
qu'elle pénètre réellement jusqu'aux entrailles de
la terre.

Les Indiens racontent à ce propos une foule
de légendes bizarres. Ils croient que c'était autre-
fois un soupirail, dont le Grand-Esprit se servait
pour conduire les âmes des guerriers, morts sur les
champs de bataille, dans les forêts bienheureuses
ou l'on chasse éternellement, au centre de la
Terre. Mais lorsque les Visages-Pâles ont paru
dans cette région, le Grand-Esprit a fait tomber
des pluies qui ont rempli le lac Cratère, et les âmes
ne se rendent plus dans l'intérieur du globe que par
des excavations situées bien loin au Nord, dans le
voisinage du Pôle ou jamais les Visages-Pâles ne
pourraient pénétrer.

De même que les autres gouvernements du
monde boréal, celui du Dominion a fait traduire
dans les langues usitées sur son territoire, la circulaire d'Andrée, mais les sachems des Pieds-Noirs
ont déclaré que l'aéronaute suédois et ses coura-
geux compagnons périraient infailliblement dans
une entreprise contraire aux volontés du Grand-

Esprit. La triste issue de l'expédition les a confirmés dans leurs traditions superstitieuses.

Ces croyances, qui leur sont communes pour la plupart avec leurs voisins du Nord, font la base de leur paganisme et ils les conservent avec le plus grand soin lorsqu'ils se convertissent au christianisme.

Ce ne sont pas, du reste, des hommes incapables de progresser et de prendre part au mouvement civilisateur ; sans abandonner leurs coutumes et leurs mœurs particulières, ils se transforment très bien en agriculteurs et en mineurs. On en cite un grand nombre, dans différentes parties d'Alaska, qui ont découvert des gisements, et qui, exploitant des claims par les mêmes procédés que les blancs, ont fait de grandes fortunes.

La plupart, comme les Chilcots, se sont faits convoyeurs, et ont formé, dans le voisinage des routes fréquentées par les chercheurs d'or, des établissements permanents, qui ne périront pas lorsque le câble leur aura enlevé le monopole des transports, car, l'argent qu'a gagné la tribu lui permettra de transformer son industrie, et de s'adonner à la production des denrées alimentaires.

Héritière de la législation française, qui a toujours été très douce et paternelle pour les indi-

gènes, la loi canadienne ne tend point à leur
extermination comme celle des américains.

Les Lhomond ne firent pas autrement que la
majeure partie des chercheurs d'or. Ils ne séjour-
nèrent au sommet de la Passe que juste le temps
nécessaire pour réunir tous leurs bagages. Quoique
un peu éprouvés par les efforts qu'ils avaient dû
faire pour remorquer un poids de marchandises
que l'on peut estimer à près de dix milles kilo-
grammes, celui d'un vagon chargé, ils se hâtèrent
de descendre auprès du lac Cratère, afin d'y
attendre un temps favorable et de s'y reposer pendant quelques jours; c'est là seulement qu'ils songèrent réellement à donner à leurs tentes une orga-
nisation un peu confortable, et que pour la première fois ils installèrent dans leur demeure mobile,
un poêle russe qu'ils avaient eu beaucoup de mal
à amener si haut, mais qui leur donna une chaleur
remarquable, et les paya bientôt fort amplement
de la peine qu'ils avaient prise.

A peine avaient-ils complété la série de leurs
arrangements intérieurs, qu'ils reçurent la visite du
chef de la tribu, qui se nommait Sitting-Bull ou le
Taureau-assis.

Le Taureau-assis était un grand gaillard dont
la peau était couleur d'un beau cuivre, gros, sans

être obèse, et admirablement bien musclé, il devait être doué d'une force extraordinaire, mais il avait perdu beaucoup de l'agilité de ses premières années. Les hivers avaient en quelque sorte épaissi ses organes en leur donnant plus de solidité. Il paraissait avoir la finesse ordinaire aux paysans de nos contrées qui ont vécu plus avec la nature qu'avec les hommes. Il semblait y avoir en lui un fond inépuisable de bonhomie, et sa figure exprimait la résolution, même l'entêtement en même temps que la bienveillance. Il portait le costume habituel de sa tribu, mais presque sans tatouage aux mains et au visage.

Il se présenta sans trop de gaucherie, quoique avec assez de timidité, à la tente des Lhomond

— Je suis le chef des Indiens Chilcots, dit-il en un français que tout autre que des Canadiens auraient eu beaucoup de peine à comprendre. J'ai entendu parler de la présence, sur notre territoire, d'une nombreuse famille de cultivateurs français, et j'en profite pour vous saluer au nom de ma tribu tout entière...

Pierre le remercia vivement de l'honneur qu'il faisait à sa famille, et l'invita à entrer, et à fumer le calumet de la paix dans son wigwam.

Le Taureau-assis accepta l'invitation avec une

satisfaction visible, et regarda avec une certaine
curiosité quelques objets nouveaux pour lui... Une
fois qu'il eut prit place auprès de la table qu'on
avait dressée au milieu de la tente, il s'adressa en
particulier à Mme Jeanne.

— Les femmes de ma tribu, dit-il, ont appris qu'il
y avait parmi vous une squaw au visage pâle, et
elles seraient bien heureuses de faire votre connaissance. Elles seraient venues avec moi, si le Grand-
Esprit ne leur défendait de sortir de leur wigwam
pour se montrer à des étrangers : en conséquence
elle m'ont chargé de vous prier instamment de
prendre la peine de venir chez nous. J'ai la mission
toute spéciale de vous inviter au nom de ma première
femme, qui se nomme «Racine-de-chêne» pour vous
servir. Elle sait que le Dieu des Visages-Pâles est
moins sévère que le nôtre, et autorise ses filles à
aller sous les tentes des Pieds-Noirs.

Quoique les Indiens soient rares dans les environs de Montréal, Mme Jeanne avait déjà visité
plusieurs fois des wigwams, et toujours elle avait
tiré parti de ces excursions, dans lesquelles elle
avait été reçue avec une cordialité charmante.

Elle était persuadée que les Indiens de la région
des neiges, si éloignés des grands centres de civilisation, devaient avoir des habitudes rationnelles

appropriées au climat, et que leurs femmes devaient posséder une foule de recettes précieuses dont elle aurait grandement à profiter lorsqu'elle serait arrivée au Klondike.

Sans attendre la réponse de Pierre, elle demanda à son mari l'autorisation de monter dans le traîneau du Taureau-assis et d'accepter son aimable invitation ; elle ajouta qu'elle tenait beaucoup à aller embrasser sa sœur Racine-de-chêne et sa famille.

Comme il n'y a pas d'exemple que les Indiens aient manqué à leurs obligations d'hospitalité et de convenance dans de pareilles circonstances, Pierre donna immédiatement son assentiment ; toutefois il crut devoir dire qu'il était regrettable que le Grand-Esprit ne soit pas aussi libéral que le Dieu des Visages-Pâles.

Les Pieds-Noirs ont l'humeur pacifique des Esquimaux, leurs voisins du Nord, et les deux peuples voisins se font très rarement la guerre. Du reste les uns, étant chasseurs, habitent les forêts, tandis que les autres, adonnés à la pêche, se tiennent sur le rivage de la mer, d'où ils tirent leur subsistance. Ils ont donc si peu de rapports que les uns savent à peine ce que font les autres

Cependant dans les derniers temps, les Pieds-

Noirs et surtout les Chilcots, qui se sont placés
à la tête de leur nation, ont emprunté à leurs
voisins du Nord une excellente habitude. De même
que les Esquimaux, ils ont deux genres d'habitations. La première, enfouie sous la neige et connue
sous le nom d'*igloss*, leur sert pendant la saison
rigoureuse. Mais aussitôt que le froid commence
à diminuer, ils s'établissent sous des tentes qui sont
leur logement pendant la belle saison.

Lors de l'arrivée des Lhomond à la passe, et
par conséquent de la visite de Mme Jeanne, les
Chilcots venaient de prendre possession de leurs
appartements d'été; c'étaient des cabanes assez
vastes et assez propres, dans lesquelles il faisait
encore froid parce qu'aucun moyen de chauffage
n'avait été disposé. Le seul feu qui fut allumé était
celui de la cuisine; mais comme ils avaient en
abondance des peaux de toute nature, les Chilcots
étaient fort à leur aise dans leurs nouveaux domi-
ciles; il n'y avait qu'une température polaire,
peu probable à partir de ce moment, mais qui
devait pourtant sévir cette année dans l'arrière saison qui put de nouveau les confiner dans les grottes
où ils avaient passé les premiers mois d'hiver, à la
façon des Esquimaux ou des habitants de la Gaule
pendant la période du renne.

Rien ne distinguait les squaws de leurs maris,
leurs pères ou leurs frères, qu'une plus grande abondance de colifichets et l'absence d'une couronne
de plumes autour de la tête, ornement qui est
l'apanage des guerriers. De délicats tatouages, en
harmonie plus ou moins complète avec des noms
qu'elles portaient, figuraient généralement sur
leurs joues, ou même sur leur front, et ne contri-
buaient que très médiocrement à agrémenter leurs
physionomies, qui, malgré l'espèce de détérioration
qu'une mode extravagante leur faisait subir,
étaient bien loin d'être désagréables, surtout quand
elles étaient jeunes. En général elles avaient
plutôt l'air timide que farouche, et la teinte de
leur peau se mariait très agréablement avec la couleur des ornements accompagnant les étoffes et
les pelleteries dont elles étaient couvertes, et dont
la plupart avaient une grande valeur. En effet,
dans l'attente de la visite de la squaw des Visages-
Pâles, vieilles et jeunes, et surtout ces dernières,
avaient arboré leurs vêtements de fête.

Femmes et filles étaient groupées autour de
Racine-de-chêne, au nombre d'une cinquantaine,
et formaient un groupe assez gracieux qui rem-
plissait complètement la tente du Taureau-assis.
Dès que l'on vit paraître le chef et la femme

blanche qu'il amenait, on entonna une chanson de fête à articulations bizarres, et ressemblant au gazouillement des oiseaux des forêts ; puis lorsque Mme Jeanne eut pris place sur un fauteuil, la scène des présentations commença.

Ces dames portaient des noms significatifs, mais tellement difficiles à prononcer pour les bouches des Visages-Pâles, que nous ne pouvons tenter d'en donner une transcription. Les uns se rapportaient à quelque qualité physique, à quelque animal, ou à quelque plante.

Quand la présentation fut terminée, Mme Jeanne offrit en cadeau les menus objets qu'elle avait apportés, et dont elle savait par expérience que les femmes des Indiens raffolent : du fil, des aiguilles, des colliers de verroteries, des petits miroirs, puis des friandises qui auraient peu de succès dans un salon européen, de la choucroute, des saucisses, du cervelas et du fromage de gruyère.

On servit une collation de mets indiens, et au dessert on consomma cette charcuterie, qui fut trouvée excellente.

Tout en faisant honneur au repas que présidait Racine-de-chêne, Mme Jeanne se renseignait sur l'agriculture locale, qui n'est point aussi rudimentaire que l'on pourrait le supposer.

En effet, quelqu'oblique que soient les rayons du soleil, ils doivent une certaine efficacité spécifique à la continuité de la présence de l'astre au-dessus de l'horizon. Malgré son peu de durée, l'été arctique suffit pour le développement d'une foule de végétaux à croissance rapide.

Bien entendu, il ne peut pousser ni des céréales ni des plantes annuelles dont la tige élabore des graines, mais les Pieds-Noirs cultivent toute une série de plantes analogues à la betterave et à la pomme de terre.

Ils font pousser de grandes quantités de racines de toutes sortes, des ratabagas, des radis, des pommes de terre. Ils plantent aussi des laitues, des fraises, des framboises, des groseilles, des groseilles à maquereau, ainsi qu'une série nombreuse de plantes analogues qui ne sont pas connues en Europe, et dont quelques-unes seraient une précieuse annexion pour notre agriculture. Les principaux de ces produits et quelques condiments originaux figuraient sur la table. Il y avait même des plantes marines, des fucus et des varechs du Pacifique, achetés aux Esquimaux ainsi, que l'huile de poisson et la viande de phoque, qui était servie avec celle du carribou.

Mᵐᵉ Jeanne goûta de tout ce qu'elle ne con-

naissait pas et demanda une foule de renseignements, tant sur la nature des plantes qu'elle n'avait
jamais vues, que sur la préparation des mets auxquelles elle touchait pour la première fois, et le
festin fut pour elle une excellente leçon de choses.

Racine-de-chêne et Mme Jeanne étaient, en se
levant de table où l'on séjourna très longtemps,
les meilleures amies du monde.

Les deux filles aînées, qui n'étaient point encore
mariées, étaient particulièrement empressées auprès de la squaw au visage pâle. Elles finirent
par demander à leur mère, qui s'empressa de
l'accorder, l'autorisation de suivre la famille
Lhomond au Klondike.

Sitting-bull ne fit point d'opposition à une proposition à laquelle il s'attendait peut-être. Mais il
n'en fut pas de même de son fils aîné, grand garçon
à l'air brutal, qui répondait au nom de Serpent-
prudent, et qui n'avait point consenti à prendre
part à la fête.

Ce farouche représentant du parti conservateur
chez les Peaux-Rouges protesta énergiquement
et dit avec colère à Racine-de-chêne:

— A quoi songez-vous de confier à la squaw au
visage pâle mes deux sœurs. Est-ce que vous
ne savez point qu'elles sont fiancées, l'aînée à

l'Aigle-blanc et la cadette au Tonnerre-qui-gronde ?
Si mes amis n'étaient pas partis pour la chasse à
l'ours, jamais ils ne donneraient leur consentement
à pareil voyage ; mes deux sœurs sont perdues,
et pour eux, et pour nous. Jamais elles ne revien-
dront dans la tribu. Elles deviendront des femmes
de Visages-Pâles... C'est outrager le Grand-Esprit ;
c'est détruire votre race, qui décline de jour en jour.

Le discours du Serpent-prudent ébranla quelque
peu la résolution de Racine-de-chêne, mais les
deux jeunes filles jurèrent sur la tête du Taureau-
assis, l'une qu'elle n'oublirait jamais l'Aigle-blanc
et l'autre qu'elle resterait fidèle au Tonnerre-qui-
gronde ; elles ajoutaient que dans deux ans elles
reviendraient, riches de ce qu'elles auraient gagné
et de l'expérience qu'elles auraient acquises. Elles
parlèrent l'une et l'autre avec tant de feu et
d'éloquence que le sachem dont on avait demandé
l'arbitrage se prononça en leur faveur.

— Que votre nom soit maudit, dit-il, si vous
êtes infidèles, que votre corps reste sans sépulture
sur les sables de la mer, si vous trahissez vos
serments ; mais partez à la conquête des trésors et
de la science des Visages-Pâles ; revenez parmi
nous, et que vos enfants soient des héros comme
l'Aigle-blanc et le Tonnerre-qui-gronde, qui l'un et

l'autre vous adorent et vous attendent comme le chêne attend le lierre.

Ce discours mit fin à la consultation et aux hésitations du Taureau-assis, mais le Serpent-prudent oubliant sa prudence partit en vomissant mille imprécations contre Racine-de-chêne et la squaw au visage pâle.

Mme Jeanne obtint sans la moindre difficulté une transformation à laquelle le Serpent-prudent se serait opposé comme une profanation, s'il n'était parti précipitamment pour aller au-devant de l'Aigle-blanc et du Tonnerre-qui-gronde.

En effet, comme les noms des deux jeunes filles étaient très compliqués et trop difficiles à prononcer pour des Visages-Pâles, Mme Jeanne appela l'aînée Suzon et la seconde Suzette, noms que toutes les squaws de la tribu apprirent à redire avec une satisfaction évidente, et dont les deux jeunes filles se montrèrent très fières.

VIII

Le Taureau-assis se joint à la caravane

Mme Jeanne n'avait pu comprendre le discours enflammé du Serpent-prudent, qui s'était exprimé dans la langue des Pieds-Noirs, dont elle ne connaissait que quelques mots : mais les Indiens se livrent à une mimique si expressive, qu'elle ne pouvait se tromper sur la nature de ce grand débat, non plus que sur la violence de l'opposition que ses projets rencontraient de la part du fils aîné de son hôte. Aussi fit-elle tout ce qui était humainement possible pour que le départ fut accompli avant que les Peaux-Rouges, dont la versatilité est proverbiale, revinssent sur la décision que les jeunes filles avaient eu tant de peines à arracher, et qui n'avait été obtenue que grâce à l'intervention assez inattendue du sachem; mais malgré l'activité qu'elle

mit à faire les préparatifs nécessaires, elle ne put
être prête à partir que le second jour et encore très
tard. Le soleil était déjà sur son déclin lorsqu'on
quitta les wigwams et quoique les traîneaux fussent
attelés chacun de quatre chiens vigoureux, il était
évident que l'on arriverait qu'à nuit close à Chilcot.

Afin de compléter la victoire, Mme Jeanne avait
pensé qu'il était sage de lier le départ de Suzette et
de Suzon à une spéculation mercantile destinée à
faire goûter à la tribu les premiers avantages
découlant d'un rapport plus intime avec les Visages-Pâles. Car jamais les adorateurs du Grand
Esprit n'ont résisté à ces solides arguments qui
se nomment des espèces sonnantes. C'est bien plus
avec des dollars qu'avec le fer, que les Yankees ont
arrondis leur territoire. Les acquisitions de la Loui-
siane, du Texas, de la Californie et de l'Amérique
russe sont dues à l'application de ce genre de trafic
dans lequel ils sont passés maîtres.

Quand tout fût prêt, on fit monter Suzon et Suzette chacune sur un traîneau, dont on compléta le
chargement avec des légumes accommodés à la mode des Indiens, et dont l'habile ménagère avait fait
l'acquisition pour une centaine de dollars. Ce marché n'était pas seulement une manière adroite et
délicate d'enlever les derniers obstacles s'opposant

au départ des deux jeunes filles, mais en même temps une heureuse spéculation.

Quoique ces différentes denrées fussent payées pour le moins quatre fois leur valeur, Mme Jeanne comptait bien avoir l'occasion de rentrer deux ou trois fois dans sa mise, en revendant au Klondike ce qu'elle pourait réserver en dehors de la consommation de la caravane dont il était sage de se préoccuper. Car le nombre de bouches avait augmenté de celles de deux jeunes filles pourvues d'un excellent appétit.

Quoique Mme Jeanne eût promis de faire habiller Suzette et Suzon à l'Européenne, les jeunes filles avaient emporté leurs costumes de sauvagesses dans lesquels elles avaient bonne façon.

En effet, comme ni l'une ni l'autre n'étaient mariées, on ne les avait pas encore tatouées ; elles ne portaient à la figure aucune marque indiquant le nom du maître que l'hymen devait leur donner, si toutefois les serments prêtés devant le sachem avec tant d'ostentation étaient respectés.

Vers sept heures du soir, il partit donc, des wigwams du lac Cratère, un convoi de trois traineaux tirés chacun par quatre robustes chiens ; comme le chemin était un peu en pente, que la neige était en bon état, l'on marchait un train d'enfer.

Le traîneau qui tenait la tête était celui dans lequel se trouvait Mme Jeanne et que le Taureau-assis conduisait en personne. Derrière, et pour ainsi dire dans le même sillon, volait celui de Suzon et celui de Suzette.

Il ne survint aucun incident notable jusqu'au détour d'un petit bois, dans lequel les troncs d'arbres étaient beaucoup plus serrés les uns contre les autres qu'ils ne le sont d'ordinaire, et tellement pressés les uns contre les autres qu'ils pouvaient également servir à cacher des fauves et des malfaiteurs.

En ce moment les traîneaux longeaient la seule forêt que la cognée eut épargné dans tout le voisinage et qui, dans une étendue restreinte, avait gardé son caractère primitif.

Les pins arctiques qui la composaient en majeure partie avaient leurs troncs couverts de végétations cryptogamiques et parasites, qui s'endorment pendant la saison rigoureuse et se réveillent avec impétuosité lorsque la température est voisine de la fusion de la glace. Il en résulte que les troncs prennent un volume énorme et les formes les plus bizarres. Au moment où les traîneaux passaient à toute volée à une centaine de mètres d'un de ces fourrés singuliers, dont il n'est pas possible de faire exactement comprendre la nature, on entendit siffler deux

balles dirigées contre le premier. Peu s'en fallut que
Mme Lhomond, contre laquelle cet attentat était
évidemment dirigé, ne fut atteinte. La première
balle fit un trou dans son manteau, et la seconde
lui traversait la mâchoire inférieure, si elle n'avait
déviée contre le manche en fer du fouet dont le Taureau-assis se servait pour actionner l'attelage.

Le Taureau-assis arrêta immédiatement le traîneau, se dressa comme s'il avait été poussé par un
ressort, en un tour de main il assujettit ses mocassins. Après avoir placé un long coutelas à sa ceinture, il saisit d'une main sa carabine, de l'autre son
tomawack, et il se lança dans la direction indiquée
par les deux coups de feu.

Pour faire ses préparatifs, le Taureau-assis
n'avait pris qu'un temps insignifiant, cependant,
quand il arriva, l'assaillant ou les assaillants avaient
disparu. Il fut impossible de retrouver la moindre
trace. C'est ce qui porte à croire que le coupable ou
les coupables étaient de race indigène, car les
Indiens excellent dans l'art de se dissimuler et
d'éviter de laisser l'empreinte accusatrice de leurs
pas dans la neige; ils sautent sur des pierres ou des
blocs de glace dure, de sorte qu'en bondissant
ainsi comme des écureuils ils escamotent les
traces de leurs diverses évolutions.

Toutefois, malgré leur habileté, les coupables n'avaient pas pris cette fois de précautions suffisantes, car l'œil expérimenté de Sitting-Bull constata qu'ils étaient deux, et il retourna lentement vers les traîneaux, la tête basse, comme perdu dans ses méditations profondes.

Ces découvertes parurent lui occasionner plus de désappointement que de surprise, car il ne lui échappa aucune de ces exclamations bruyantes dont les Indiens sont si prodigues lorsqu'ils se trouvent en présence d'une circonstance inattendue, inexpliquée. Quand il fut arrivé près de ses filles, il leur parla d'un ton calme et mesuré, et il les regardait avidemment comme si, malgré les ténèbres qui commençaient à s'épaissir, il avait voulu surprendre les secrets de leur cœur.

— Madame, dit-il à Jeanne, nous reprendrons la suite de cette conversation lorsque nous serons arrivés, car on y voit à peine assez pour se conduire, et nous devons nous hâter de profiter de la fin du crépuscule, autrement nous serions obligés d'attendre que la lune se lève avant de continuer notre chemin, et je ne saurais répondre de ce qui peut se passer dans l'obscurité.

Remontant sur son traîneau il se mit à pousser vigoureusement ses chiens, et précisément parce qu'elles ressentaient de vives alarmes, ses filles l'imitèrent avec beaucoup de dextérité et de vigueur.

Heureusement la forêt s'était fort éclaircie; le sol étant dégagé et débarrassé d'obstacles, les chiens pouvaient donner oute leur vitesse, et il suffit d'une demi-heure pour achever la route.

Il était presque nuit close lorsqu'on arriva au camp, et il fallut marcher en quelque sorte à tâtons pour retrouver le campement des Lhomond, qui furent bien étonnés de voir arriver Mme Jeanne à une heure si tardive et en compagnie de deux jeunes filles. Quand on apprit qui elles étaient, on leur fit le plus sympathique accueil, car de si aimables recrues, qui paraissaient pleines de bon vouloir, apportaient un sucroît de forces vives, qui n'était point à dédaigner.

Le récit de l'attentat de la forêt excita une émotion universelle. Il était évident que ce n'était que par discrétion que l'on ne cherchait point à soulever la question des responsabilités, mais que chacun attribuait *in petto* les coups de feu, soit au Serpent-prudent, soit au Tonnerre-qui-gronde, soit à l'Aigle-blanc. Pierre dit que le lendemain il aurait une proposition à faire, pour laquelle il avait besoin de se concerter avec ses frères et avec Simonot, qui était admis au conseil de famille

Cette proposition, que chacun a deviné et qui fut adoptée d'enthousiame, était d'autoriser le Taureau-assis à accompagner ses deux filles et à faire partie de la caravane; en se joignant ainsi à la famille Lhomond, il pouvait non seulement calmer les soupçons jaloux des fiancés de Suzette et de Suzon, mais il apportait à la caravane la connaissance de la langue et des ruses des sauvages. Il restait à savoir si ce parti radical souriait au guerrier qui en était l'objet.

Dès que Pierre, qui le prit à part, lui demanda ce qu'il en pensait, il répondit sans hésiter :

— Vous avez obéi à une inspiration du Grand-Esprit, car j'avais moi-même l'intention de vous proposer ce que vous venez de m'offrir. Oui, je ne vous cacherai pas que le Serpent-prudent est à mes yeux un des coupables ; s'il n'a pu être aidé par le Tonnerre-qui-gronde ou l'Aigle-blanc, il a été recruter quelques-uns des amis des fiancés de mes filles. Ce complot est coupable, et je vous prie de l'excuser comme moi je le fais. Je mettrai mon honneur à vous défendre et à punir de ma main l'agresseur, car je n'hésiterais pas à fusiller le Serpent-prudent si je le trouvais en embuscade à portée de ma bonne carabine.

IX

Les Traîneaux à voile

Les instincts gallophobes de l'ex-sollicitor Jolly-mann ne l'avaient point trompé. Par suite de l'ad-jonction de ces trois nouvelles recrues, la ca-ravane des Lhomond était devenue une puis-sance. En outre, Simonot était l'œil et l'avant-garde de la Haute-Banque française. En réalité, il disposait de toutes les ressources nécessaires pour mettre en valeur des claims en nombre quel-conque, et chose non moins utile, de discerner les bons, auxquels on pouvait à coup sûr s'attacher.

Pour acquérir le monopole des trésors du Klondike, la place de Londres n'avait pas seu-lement à lutter avec celle de New-York. Celle de Paris venait aussi réclamer sa part, et cette part pouvait devenir facilement celle du lion, grâce à la présence d'indigènes dans la caravane Simonot.

Sur les grands lacs de l'Amérique du Nord, qui à cause de leur altidude sont gelés une partie de l'année, on a de temps immémorial employé des traîneaux. Les Indiens en possédaient de grossiers même avant l'arrivée des Européens, mais ce qu'ils n'avaient point imaginé et ce qui appartient exclusivement aux Canadiens, c'est l'idée d'avoir ajouté, à leur traîneau, un mât et des voiles dont ils peuvent faire varier l'orientation, ce qui leur permet de courir des bordées sur la glace et même sur la neige, et de filer vent arrière avec une vitesse prodigieuse. Ce mode de locomotion, si employé sur la frontière sud du Dominion, était inconnu sur la route du Klondike avant l'arrivée des Lhomond, qui avaient quitté Montréal avec l'intention d'en faire usage.

Pendant que Mme Jeanne allait rendre visite aux Indiens, les autres membres de la caravane n'étaient point restés inactifs. Comme le vent du large avait commencé à souffler en donnant des signes qui indiquaient une période d'une certaine durée, les Canadiens avaient profité de leur repos forcé pour fabriquer des mâts et des voiles. Simonot avait même reçu la première leçon dans un art dont

il ignorait jusqu'à l'existence. Mais comme il dirigeait très bien les traineaux, il n'eût pas besoin
d'une seconde séance pour arriver au niveau de ses
professeurs.

Le départ, qu'on passa tout un jour à préparer, se
fit avec une certaine solennité. En effet les Canadiens marchands de traineaux avaient mis à la disposition de la famille Lhomond le nombre nécessaire pour enlever à la fois les douze charges.
A cette flotille, déjà respectable, ils avaient joint
une dizaine d'autres unités, et l'on y avait réuni
de plus celles que Sitting-Bull avait amenés de
l'habitation d'été des Chilcots.

Toute la population flottante de la contrée y compris les Dames du Salon, s'étaient donné rendéz-
vous sur les bords du lac Cratère. Ce fut **Simonot**
qui donna le signal du départ.

Il montra l'exemple en se laissant le premier porter par la brise; derrière lui venaient les traineaux conduits par les sauvages.

Le vent se montra plein de complaisance et
favorisa d'une façon rare cette tentative. Il souffla
avec une régularité toute exceptionnelle, ne chan-
geant ni d'intensité ni de sens.

Ces circonstances étaient très heureuses, car
avec une flotille aussi nombreuse et des matelots

peu exercés, les abordages étaient fort à craindre.
Sur la longue surface d'eau gelée, qui constitue le
prolongement du lac Cratère proprement dit, et que
l'on nomme le lac Linderman, les évolutions devien-
nent parfois très malaisées. En effet, la largeur
de la surface gelée est faible, assez variable,
et son orientation très peu régulière.

Suzette et Suzon prenaient un vif plaisir à cet
execirce ; quoique plus timide et d'une corpu-
lence qui rend toujours les chutes plus dangereuse,
Mme Jeanne avait fini par se rassurer complètement et elle était aussi gaie que les jeunes filles.

Généralement Simonot tenait la tête de la flotille
et lui servait en quelque sorte de pilote ; quelquefois,
il se laissait dépasser. Comme il avait une voile un
peu plus grande que les autres, que son traîneau
était beaucoup moins chargé et qu'il le manœuvrait
avec dextérité, il ne tardait pas à reprendre sa
place d'avant-garde. Il la conservait pendant quelque temps, puis il ralentissait son allure et recom-
mençait un jeu auquel il paraissait prendre grand
plaisir.

On navigua ainsi pendant presque toute la journée sans accident grave, car les traîneaux qui cha-
virèrent furent bientôt relevés et mis en route, sans
la moindre avarie sérieuse.

Il était temps d'arriver, car, un peu avant le coucher du soleil, le ciel se couvrit, et le vent, qui resta du côté du Nord, devint à la fois plus violent et plus saccadé.

Heureusement, l'on était parvenu à un campement voisin de l'extrémité sud d'un autre lac, d'une longueur beaucoup plus grande, où commence à proprement dire la navigation, lorsque les eaux ont repris la forme liquide qu'elles gardent à peine pendant les six mois où les canots peuvent servir.

Mais la débacle des lacs peut se produire avec la rapidité d'un changement à vue sur la scène d'un théâtre ; dans ce cas elle est précédée et accompagnée de phénomènes gênants, qui produisent une sorte d'arrêt complet de la circulation entre Chilcot et les mines.

Les voyageurs habiles s'efforcent de mettre à profit les derniers temps de la saison rigoureuse, alors que le froid est supportable, que la gelée n'a plus une intensité formidable et que le jour est déjà plus long que la nuit ; c'est le meilleur moment pour arriver au Klondike, mais souvent les caravanes sont arrêtées par le dégel et les chutes de neige dont il est accompagné. Car le vent humide et chaud qui souffle avec persistance produit des flocons énormes, encombrants, souvent mélangés d'eau ; ces neiges foisonnantes ne tardent pas à fondre, mais elles ne disparaissent jamais sans contribuer au désordre général.

Sous l'heureux climat de notre gaie ~~France~~, qui est bien la fleur de la zone tempérée, malgré quelques écarts, on ne se fait aucune idée de la violence de ces révolutions amosphériques et de l'impossibilité presque absolue dans laquelle se trouve l'homme civilisé en face des forces qui se déchaînent brusquement dans l'empire des airs, sans que nos météorologistes, chargés de les prévoir, puissent même nous indiquer quelles en sont les causes.

X

Le feu et l'eau

Dans les premiers temps de l'exploitation des placers du Klondike, les rares voyageurs qui se rendaient dans un pays presque désert se contentaient de construire de grossiers radeaux, avec les branches et les troncs des arbres qui abondaient alors, dans les environs du lac Lindermann. Sur ces embarcations rudimentaires, ils se laissaient entraîner par les torrents les plus impétueux, avec une hardiesse tellement folle, que l'on ne sait en réalité si l'on doit la blâmer ou l'admirer.

Il y a encore de pauvres diables qui ne craignent pas de suivre cet exemple, mais la majorité des voyageurs est mieux avisée. On n'a point encore, ce qui ne tardera pas, établi un service de bateaux à vapeur dans ces régions, dont l'accès est au moins aussi difficile que celui des affluents du Nil blanc; mais déjà il existait sur la route orientale du lac Lindermann, un chantier de construction d'embarcations légères, que des spéculateurs vendaient aux caravanes. Quelquefois, même, ils se bornaient à vendre des planches débitées par une scierie mécanique mise en mouvement par une chute d'eau, et à l'aide desquels les acquéreurs construisaient eux-mêmes leurs embarcations

Ce genre d'industrie, établi dès 1896, avait déjà pris un développement énorme, car on n'évalue pas à moins de deux mille le nombre des barques qui ont été fabriquées, l'an dernier, pour le compte des Klondikers. Au moment du passage des Lhomond, il y avait, en chantier, plusieurs centaines de canots de deux ou trois modèles, entre lesquels ils pouvaient choisir, mais tous, de construction sommaire et destinés à ne servir qu'une fois

Lorsqu'on est arrivé au Klondike, on les dépèce pour en faire du bois de chauffage. Le prix en est assez élevé pour que les chercheurs d'or rattrappent une partie des dollars qu'ils ont laissé au campement Lindermann.

Grâce à la présence des ateliers de construction, il y avait, sur la route venant du lac Cratère, une sorte de village assez important pour posséder, non pas un, mais deux salons, voisins l'un de l'autre. Ils étaient naturellement divisés par la rivalité furieuse des femmes qui les tenaient.

C'était une jalousie folle, nuisible également à ces deux établissements, et qui n'avait aucune raison réelle. Car il y avait assez de joueurs, de dupes et d'ivrognes, pour que chaque exploitation valut celle d'un des plus riches claims de Bonanza.

En sortant de la glace du lac Cratère on avait rattaché soigneusement les chiens. C'est moitié poussés par les hommes, moitié tirés par les attelages, que les traineaux franchirent l'isthme qui sépare le lac Cratère du lac Lindermann.

Quand le dernier traineau arriva, on avait déjà installé la cuisine des Lhomond dans un petit bâtiment délabré, situé au sommet d'une petite éminence placée au milieu du village.

Simonot vit alors tomber quelques floçons d'une neige épaisse et humide, triste présage d'une bourrasque, qui s'annonçait comme devant être très grave.

Averti par sa vieille expérience Sibérienne, Simonot prévint Pierre et le Taureau-assis. Immédiatement tout le monde se mit au travail avec une activité fébrile, et tout les bagages furent bientôt groupés autour de la cabane-cuisine, à côté de laquelle on dressa rapidement trois tentes.

L'on avait raison d'aller vite, car la neige s'épaissit et tomba bientôt avec une rapidité inouïe, indice d'une période dans laquelle les brises du Sud domineraient exclusivement.

La neige tomba mélangée d'eau, puis l'eau tomba seule à torrents, et ce déluge provoqua une sorte de dégel instantané. En un clin d'œil les parties basses furent inondées à la grande surprise des victimes de l'arrivée soudaine d'un vrai fleuve. Un grand désordre se mit chez les constructeurs de bateaux, plusieurs embarcations firent naufrage avant d'avoir quitté les blocs sur lesquelles elles avaient pris naissance.

Les Lhomond virent passer à leurs pieds cette onde furieuse, qui n'avait pour eux d'autres inconvénients que de les immobiliser. Ils étaient en effet condamnés à attendre que le dégel s'étendît aux glaces du lac Lindermann. C'est dans cette bourgade désolée qu'ils firent, malgré eux, la grande halte de leur voyage. Mais cette période de repos forcé fut loin d'être monotone.

Un événement, fort contraire à une inondation, faillit entraîner des catastrophes bien autrement terribles.

C'est là que Simonot rencontra pour la première fois des mineurs qui faisaient usage de la poudre d'or comme de monnaie courante ; ces véritables Klondikers portaient à la ceinture un petit sac, d'où ils tiraient la poudre qu'ils pesaient avec une petite balance.

C'est ainsi qu'ils faisaient leurs enjeux sur le tapis crasseux et tout à fait usé du salon voisin des Lhomond ; Simonot s'y était rendu par désœuvrement, le second jour de l'arrivée.

Simonot avait risqué un dollar en or et payé cinquante cens (2 fr 50) un horrible verre de whisky, consommation obligatoire. Il avait gagné et attendait qu'on lui remît la somme à laquelle il avait droit.

La femme qui exerçait les fonctions de croupier refusa de payer la mise d'un mineur qui venait de gagner, ainsi que Simonot, mais qui avait mis sur une table une once de poudre. Elle prétendait que cette poudre n'était pas bonne et qu'elle était mélangée de quartz. Malgré les efforts de Simonot, qui trouvait que la croupière avait raison, et de la galerie qui partageait son avis, le mineur sut mettre un terme à la querelle ; il arracha de sa suspension la lampe qui éclairait l'établissement, et la jeta par terre avec violence. La lampe

se brisa, et le pétrole enflammé se répandit partout
avec une si effroyable rapidité, que tout le monde
n'eût pas le temps de s'enfuir. L'auteur de la catastrophe, qui avait essayé de se jeter sur la
caisse, fut puni sur place ; le pétrole ayant rejailli
sur lui, en un instant il fut couvert de flammes
et expira dans des souffrances atroces, juste rétribution de son forfait. Il ne resta du misérable qu'un
tronçon carbonisé.

La croupière fut peu atteinte, et dans d'autres
circonstances, ses brûlures n'auraient pas eu de
suites malheureuses, mais l'absence de tout soin
et de tout médicament envenima singulièrement
ses plaies ; elle mourut au bout de huit jours.

Son assistante, qui était plus jeune et plus leste
et qui du reste ne se préoccupa que de sauver sa
personne et laissa la caisse devenir ce qu'elle pourrait, s'en tira sans une égratignure.

Parmi les personnes qui faillirent périr figurait
Josiah Jollymann, que Simonot trouva installé
comme chez lui et qui avait sans doute quelque
intérêt dans les bénéfices du tripot, mais comme il
se tenait instinctivement près de la porte, il n'eut
que quelques pas à faire pour se tirer de la
fournaise.

Simonot avait eu beaucoup de mal à faire de

même ; il était grillé avec pas mal d'autres, s'il n'avait eu l'heureuse idée de grimper le long d'une poutre et de se réfugier sur le toit.

La maison, comme toutes celles de la station, était assez basse pour que l'on put sauter sans danger ; par surcroît la terre était couverte d'une épaisse couche de neige.

Malgré le peu de temps qu'il avait exercé ses ravages, l'incendie avait fait des progrès énormes.

De la maison de jeu, le feu s'était communiqué tout d'abord aux campements voisins. Lorsque Simonot parvint à s'échapper, ce fut à travers un rideau de flammes qu'il dut passer pour se rendre auprès de la famille Lhomond.

Déjà un traîneau, dont heureusement la cargaison avait une médiocre valeur, flambait complètement ; un autre rempli d'habillements allait brûler à son tour. Encore quelques instants, et le feu gagnait la tente goudronnée où les deux plus jeunes frères de Pierre dormaient enveloppés dans leurs peaux.

Tout en criant de toute la force de ses poumons, Simonot se précipita sous les tentes en secouant les dormeurs.

Bientôt tout le monde, y compris les femmes qu

surmontèrent leur frayeur, tâchait d'enrayer la marche de l'incendie.

On isola bien vite le traîneau irrémédiablement perdu, puis on s'arma de pelles, et tout le monde y compris Mme Jeanne et les sauvagesses jeta, sur le traîneau que l'on voulait sauver, les restes d'un gros tas de neige, qui offraient encore un volume respectable.

On passa le reste de la nuit à dompter de moindres incendies, dont la plupart avaient produit des ravages sérieux. Au jour on trouva dans les décombres quelques pauvres diables à moitié calcinés, qui avaient été surpris dans leur sommeil; quelques-uns qui n'avaient sauvé que les vêtements qu'ils avaient sur le dos se suicidèrent de désespoir. D'autres plus pratiques se mirent à piller les décombres. C'est ainsi qu'un moribond vit deux de ces loups humains se disputer devant lui une grosse pépite qui était le dernier débris de sa fortune. La rapacité de ces hommes de proie fut le seul soulagement qu'il trouva aux douleurs dans lesquelles il rendit l'âme.

Déjà si terrible en elle-même, cette catastrophe faillit devenir la cause d'une sorte de guerre civile, qu'en s'éteignant, le feu avait allumé.

La tenancière de l'autre salon fut accusée d'avoir

été la cause de tous ces désastres, en soudoyant le mineur qui avait brisé la lampe. Revenu de sa frayeur, Jollyman était un des accusateurs les plus acharnés contre cette femme. Il fut sans doute parvenu à la faire lyncher, si d'autres événements n'avaient fait oublier ces catastrophes.

XI

En barques

L'inondation et l'incendie ne furent pas les seules calamités qui s'abattirent sur les chercheurs d'or, pendant leur séjour à cette funeste station de Lindermann.

Le dégel qui survint bientôt après un nouvel orage de neiges, extraordinaire pour la saison, fut accompagné d'un brouillard froid, épais, mortel. Une excessive humidité envahit toute la contrée, et pénétra dans le fond des tentes.

Quoique Simonot fut doué d'une robuste santé, il ne put résister à cette dernière épreuve. Il fut pris d'une extinction de voix, d'une toux violente, et d'étouffements tels, qu'il se crut atteint d'une pulmonie foudroyante.

Heureusement il avait dans son bagage de la teinture d'iode, qui le sauva, grâce aux soins de Mme Jeanne et des deux sauvagesses, qui étaient devenues tout de suite des gardes-malades modèles.

Mais il n'en était pas de même dans les autres tentes, où les malades abandonnés à eux-mêmes n'avaient à espérer aucun secours. Les Lhomond qui étaient très charitables purent sauver quelques voisins, mais les ravages de la pulmonie furent incroyables.

Les malheureux qui étaient moissonnés étaient ensevelis de la façon la plus sommaire. C'est tout juste si, avant de les jeter dans un trou ouvert à la hâte, on prenait la peine de s'assurer qu'ils étaient bien réellement morts. On ne leur faisait les honneurs ni d'une bière, ni d'un linceul, ni d'une cérémonie quelconque. On ne s'assura même point de leur idendité afin de constater les décès dans l'intérêt des familles. Il n'y avait du reste personne qui eût la volonté et l'autorité nécessaires pour y jouer le rôle d'officier de l'état-civil.

Quoique privés d'honneurs funèbres, ils étaient encore bien mieux traités que ceux qui tombaient le long de la route, car ceux-ci étaient abandonnés aux bêtes féroces et aux oiseaux de proie. Le

nombre de ces infortunés était légion, et leurs os
blanchis sillonnaient le chemin maudit que devaient suivre les chercheurs d'or.

Naturellement, quant à ce que les défunts pouvaient posséder, on le considérait comme une
épave appartenant au premier occupant. Les
hommes de proie, qui s'emparaient de ces tristes
débris n'attendaient pas toujours que les mori-
bonds aient rendu le dernier soupir !

Le droit d'aubaine, que la Révolution a aboli sur
les côtes de France, se trouve donc rétabli dans
ces montagnes éloignées, au profit de la foule
innomée, marchant à la conquête d'une nouvelle
toison d'or.

Dante avait bien un sentiment merveilleux de
la nature, lorsqu'il réserva le froid pour le dernier
cercle de son enfer. Malgré l'habitude qu'elles
avaient de cette période de dégel, ni Mᵐᵉ Jeanne, ni Suzon, ni Suzette ne purent la supporter sans
souffrance. Le seul travail utile qu'elles purent faire
ce fut de préparer des moustiquaires pour rempla-
cer ceux qui avaient été brûlés dans l'incendie, et
qui allaient devenir presque immédiatement nécessaires.

En effet, les eaux marécageuses de ces lacs ren-
ferment des milliards de chrysalides, dont le déve-

loppement a été paralysé par le froid, et qui n'attendent qu'un rayon de soleil pour se développer avec une furie extravagante. L'on est, en quelque sorte, abandonné à ces ennemis impitoyables, lorsque l'on est privé d'un moyen de défense dont les Indiens et même les nègres ont un aussi impérieux besoin que l'homme blanc.

Sans ces moustiquaires, dont la nécessité bouleverse nos idées préconçues, car chacun suppose que l'on n'en a besoin que sous les tropiques, il serait absolument impossible de se rendre au Klondike, excepté dans la saison où le froid règne sans aucune espèce d'intermittence.

Hommes et femmes saluèrent les résultats de cette révolution de l'atmosphère, avec le sentiment qu'éprouve un prisonnier lorsqu'il sort d'un cachot, car il semblait que la température polaire ne fut qu'un souvenir.

La transformation était complète; à peine si dans quelques trous de rocher, où la lumière directe n'avait pu parvenir, l'on voyait encore, çà et là, quelques tas de neige qui n'avaient point encore eu le temps de fondre.

Mais partout ailleurs, le sol avait repris sa couleur naturelle. Les herbes, qui dans la fin de la belle saison, atteignent une hauteur égale à celles

des Pampas, et dans lesquelles le **voyageur** dispa-
raît ainsi que sa monture, commençaient à pousser
de toutes parts. On sentait que l'on n'avait pas
un seul instant à perdre pour profiter d'un entr'-
acte fortuit dans le règne des vents polaires.

Il fallut toute une journée pour ranger ce que
l'on possédait à bord de deux barques, jaugeant
chacune une douzaine de tonneaux, et dont Simonot
avait fait l'acquisition. On dormit peu pendant la
dernière nuit que l'on passa sous la tente; du reste
elle était déjà très courte, puisque le jour finissait
à neuf heures du soir pour reprendre à trois heures
du matin.

Dans deux mois, à peine, allait arriver l'époque
de l'été normal époque qui dure près de six
semaines, sans que le soleil descende une seule
fois au dessous de l'horizon d'une façon assez
sérieuse pour qu'il y ait de véritables ténèbres,
entre la fin du crépuscule et le commencement de
l'aurore.

L'on n'avait pu embarquer les chiens, que l'on
aurait dû laisser au campement du lac Cratère
d'où il leur aurait été facile de regagner Chilcot.

Simonot, que Mme Jeanne appuyait, était fort
d'avis de les mettre en liberté, mais le Taureau-assis

fit prévaloir le sentiment contraire, grâce à l'appui de Pierre qui intervint d'une façon tout à fait énergique.

Il n'y avait du reste rien à répliquer au discours du chef indien, qui exposait franchement une situation fort triste, mais inextricable, sans le sacrifice de toute la meute.

— Ce ne serait, dit-il, qu'un faux sentiment d'humanité qui nous ferait épargner ces pauvres bêtes qui ne demandent qu'à nous suivre et à utiliser, en notre faveur, toutes les facultés que le Grand-Esprit leur a départie, mais dont nous ne pouvons charger nos barques. Ce n'est pas leur montrer une sympathie bien éclairée, que de les abandonner dans une station où elles ne peuvent éviter une mort beaucoup plus lente et beaucoup plus cruelle que celle que nous leur infligeons à regret.

On finit par se rendre à ses raisons; toutefois, il fut décidé que l'on épargnerait trois chiens; Mᵐᵉ Jeanne, Suzette et Suzon eurent chacune le droit de choisir un protégé, que l'on prendrait à bord des barques; les quinze ou vingt autres furent attachés et fusillés à tour de rôle.

Les carcasses ne restèrent pas longtemps sur le lieu du massacre des rôdeurs, qui avaient été attirés par les coups de feu, se précipitèrent sur les dépouilles et se les disputèrent d'une façon tumultueuse, afin de les emporter dans leurs tentes ou dans leurs huttes, et de les dévorer à leur aise.

Ces scènes avaient profondément attristé Simonot et quoiqu'il ne fut pas superstitieux, il ne pouvait s'empêcher d'y voir un mauvais présage. Mais au moment où il allait embarquer, le Taureau-assis lui amena un Indien de la tribu de Chilcot, qui revenait du Klondike avec des dépêches et les portait à Dyea. On fit donner quelques vivres à cet homme et on lui fit faire un bon repas, pour le récompenser des bonnes nouvelles qu'il donnait.

Il raconta que toute la route était libre et que les premiers émigrants étaient déjà arrivés à Dawson City, mais qu'il y avait de la place et de l'ouvrage pour beaucoup d'autres. On avait énormément travaillé pendant l'hiver, mais la débâcle n'était point encore venue dans les montagnes où se trouvent les claims ; quand il était parti, il y avait juste dix jours, on manquait de bras pour extraire les sables aurifères, par conséquent on n'était point en retard. On allait arriver au moment psychologique de la reprise du travail.

A la suggestion du Taureau-assis, cet homme proposa à Simonot de se charger d'une lettre pour

Dyea, et par conséquent pour l'Europe. Celui-ci
s'empressa de tirer parti de cette offre pour écrire
une longue missive à son correspondant de Vancouver. D'après les conseils de l'Indien, il lui demanda d'adresser sa réponse, par lettre chargée,
au magistrat du Dawson City, et le pria de s'arranger pour le faire partir de Saint-Michel par le
premier vapeur du Yukon.

Il lui recommanda, en outre, de se servir d'un
chiffre dont il avait la clef, pour les parties qui
devaient être gardées secrètes, car malgré toutes
les précautions, les correspondances dans le Klondike sont excessivement peu sûres. Simonot y
joignit une longue lettre pour sa mère, et ses yeux
se mouillèrent, en songeant au temps qui devait
s'écouler avant que cette pauvre femme eut les
premières nouvelles de ce fils chéri, qui consen-
trait toutes ses affections et toutes ses espérances.

Une fois l'Indien parti, Simonot monta dans la
barque où se trouvait Mme Jeanne, les deux
Indiennes et les chiens conservés. Le Taureau-
assis, Pierre et ses frères étaient dans l'autre qui
ouvrait la marche. On se laissait aller au fil de
l'eau, qui coulait de la façon la plus régulière. Bientôt, et sur l'exemple que donna le
Taureau-assis, on hissa la voile, et la vitesse de

translation augmenta ; le soir, on était arrivé au
fond du lac, et depuis le matin on avait fait de la
façon la plus commode et la plus agréable un
trajet d'une cinquantaine de kilomètres.

La largeur du lac, qui est orientée dans la direction du sud-ouest au nord-est, varie constam-
ment. Elle n'est jamais moindre de deux cents
mètres, mais elle est quelquefois de huit cents.
Les côtes sont souvent au niveau de l'eau : alors
on voit un fouillis de lianes et de plantes rampantes
qui vont joindre les futaies ; mais le plus fréquem-
ment encore, les rives sont abruptes et rocailleu-
ses.

Le lac est très profond et très poissonneux ;
d'après ce que disait le Taureau-assis, on y
trouverait de quoi nourrir tous les chercheurs d'or
du Klondike. Il n'a pas à proprement parler de déversoir ; mais la côte qui le termine est très basse, et
l'eau s'échappe par une foule de menues cascades
en nombre presque incalculables, et produisant un
gazouillement indéfinissable. Il était séparé du lac
Benett par une espèce d'isthme sur lequel il fallait
faire passer les barques. C'était un rude travail,
mais le dernier restant à accomplir, car le lac
Benett est rattaché au lac Boue par un long canal
navigable ; il en est de même du lac Boue et du lac

Lebarge, après lequel viennent les rapides du Cheval-blanc qui se jettent dans le Yukon.

Franchir ce torrent n'est pas du tout chose facile, mais maintenant qu'on les connait mieux, les naufrages sont moins fréquents. On ne perdrait jamais de navires, s'ils étaient pourvus d'une machine à vapeur et conduits par des pilotes connaissant la situation de toutes les roches sur lesquelles on peut se perdre.

Somme toute, il suffit de peu de travaux, des plus simples et des moins coûteux, pour faciliter prodigieusement la route de Dyea au Yukon et compléter l'œuvre commencée par le câble géant — disons mieux — par la ficelle monstre de Chilcot.

XII

Les Rapides du Cheval-blanc

Ce n'est pas sans peine que Simonot découvrit une espèce de quai naturel, où les voyageurs purent débarquer et tirer à terre les deux barques. Cette opération avait pour but de les placer l'une après l'autre sur des rouleaux pour les conduire au lac Boue, dont le lac Lindermann est séparé par un isthme d'une largeur de deux ou trois kilomètres.

La piste ouverte par les émigrants de 1896 était en quelque sorte polie et nivelée, et la caravane était nombreuse. Cependant, il ne fallut pas moins de deux jours pour parcourir une route continuellement en pente. La peine que Simonot et ses compagnons eurent, pour atteindre la tête de la ligne d'eau qui restait à parcourir, permet de juger les efforts que le commandant Marchand et ses compagnons eurent à faire, pour passer du bassin du Congo dans celui du Nil, lors de leur voyage à Fachoda.

Du côté nord-est de l'isthme, les chercheurs d'or trouvèrent un bassin d'eau empoisonnée, dans lesquels nageaient des myriades de chrysalides de moustiques, que le vent du sud était en train de changer en insectes parfaits.

Quoique ses dimensions soient assez faibles, on mit longtemps à traversr ce cloaque, car la végétation des lianes aquatiques, que la gelée ne détruit jamais, avait une abondance, une richesse tout à fait tropicales et une tenacité diabolique.

Non seulement on était obligé de pousser vigoureusement pour vaincre la résistance des tiges qui obstruaient le passage et retenaient la quille, mais on étouffait dans un nuage fétide, car chaque coup de gaffe soulevait des boues chargées d'odeurs sulfhydriques ou sulfureuses.

Chaque soir, on descendait à terre et on dressait les tentes le plus haut possible et le plus loin de ces bords empestés. Mais il était difficile de fermer l'œil et de se défendre d'une certaine appréhension, en entendant le bourdonnement continuel des légions de bestioles, qui cherchaient inutilement à franchir le fin réseau du moustiquaire.

Le lac Boue se rétrécissant, petit à petit, communiquait par un estuaire avec le lac Lebarge qui venait en suite. Par un caprice de la nature difficile à expliquer, cet estuaire était rempli par un courant d'eau limpide cristaline, à travers laquelle le Taureau-assis se donna le plaisir de harponner en passant un saumon de forte taille.

Après avoir suivi ce déversoir à fond de roche, qui n'a pas deux kilomètres de longueur et où le courant est très faible, presque nul, ce qui explique pourquoi l'eau s'y débarrasse de tout le limon du lac Boue, les deux barques entrèrent l'une après l'autre dans le lac Lebarge. Celui-ci doit son nom à une circonstance fort curieuse, montrant, par un exemple saillant, que le progrès ne peut marcher d'un pas égal dans tout l'univers et que les événements qui l'accélèrent dans une région le retardent dans une autre.

On sait que le câble qui réunit Terre-Neuve à Valentia fut posé une première fois, en 1857, et que l'on parvint à y faire passer quelques dépêches; après avoir fontionné pendant quelques jours, il cessa tout à coup de parler. Naturellement les physiciens prudents qui considéraient l'entreprise comme impossible, s'emparèrent de cette catastrophe et créèrent une panique.

Sans l'admirable persévérance de Cyrus Field, c'en était fait de la grande entreprise. Mais le monde civilisé avait goûté aux avantages d'une communication instantanée avec l'Amérique, il fallait à tout prix l'établir d'une façon plus durable.

On songea donc à rattacher les deux continents par une ligne qui traverserait le nord-ouest du Canada, remonterait le long des côtes d'Alaska, jusqu'au détroit de Behring, s'appuierait sur la chaîne des Aléoutiennes et aborderait en Sibérie. La compagnie se mit à l'œuvre en Amérique.

Elle était parvenue à rattacher le réseau américain à un lac du haut Yukon, lorsqu'on reçut la nouvelle que le Great Eastern avait réussi, et que la pose de la ligne terrestre était sans objet. On arrêta les frais, mais en souvenir des efforts tentés, l'on donna au lac sur les bords duquel on était parvenu le nom du chef de la brigade télégraphique.

Bientôt l'expédition arriva au fond d'une grande gorge où le courant prend une intensité très grande et qui est d'autant plus dangereuse que le lit de ce terrible affluent du Yukon est obstrué par des îles basses qui obligent à faire de nombreux dé-

tours. Ici il ne suffit pas de s'avancer à la perche ou
à la godille. D'après le conseil du Taureau-assis, qui
était toujours fort pratique et très sage, la caravane s'arrêta à la première de ces îles pour consoli-
der le bordage des barques, et construire des rames
assez solides et très faciles à manœuvrer; quoique
un peu grossières et du modèle de celles qu'em-
ploient les Indiens, elles furent tout à fait suffisantes pour éviter une catastrophe qui eût été terrible.

Si une barque avait touché, surtout lorsqu'on fut
arrivé à la partie que l'on nomme les rapides du
Cheval-blanc, parce que l'eau est couverte d'écume
et qu'elle court aussi vite qu'un cheval à la course,
elle était infailliblement engloutie avec tout ce
qu'elle portait.

Le Taureau-assis et Simonot avaient pris chacun le commandement d'une barque; Simonot avait
avec lui Pierre et un de ses frères. Les autres
hommes étaient avec le Taureau-assis dans la
barque qui ouvrait la marche, comme il l'ayait
déjà fait dans le lac Lindermann.

L'Indien avait des yeux d'une pénétration extraordinaire; il devinait les rochers à fleur d'eau,
quoiqu'à cet endroit l'agitation de l'eau se confon-
dit avec le bouillonnement général, et Simonot

n'avait qu'à suivre fidèlement ses mouvements avec la rame qui lui servait de gouvernail.

Puis il donnait rapidement des instructions aux deux rameurs, dont l'un était à bâbord et l'autre à tribord. Les trois femmes étaient dans la barque de Simonot. Elles étaient accroupies et tellement émues qu'elles évitaient de regarder l'eau du fleuve.

Mme Jeanne avait tiré son chapelet et offrait ses prières à la Sainte-Vierge, comme elle avait l'habitude de le faire dans toutes les circonstances.

Suzette et Suzon, qui n'étaient pas chrétiennes, invoquaient le Grand-Esprit auquel elles attribuaient naturellement un pouvoir au moins égal.

Chacune croyait coopérer de bonne foi au salut de l'expédition et s'attribuait peut-être une partie du mérite des pilotes, qui furent l'un et l'autre assez adroits, pour ne pas donner un seul coup de rame de travers.

Une autre barque qui était partie un peu plus tôt fut moins heureuse et sombra avec une rapidité fantastique; on entendit une clameur, on vit disparaître l'esquif, et ce fut tout. La catastrophe avait eu lieu au-dessus d'un profond tourbillon qui ne rendit aucune épave.

En moins de temps qu'il ne faut pour le dire,

hommes, embarcations, bagages, tout disparut dans un gouffre immense, ténébreux, insondé, insondable.

Quelque braves et déterminés que fussent le Taureau-assis et Simonot, la vue de cette catastrophe leur fit dresser les cheveux sur la tête ; une sueur froide leur couvrit tout le corps, soudainement agité d'un frisson général.

Les Canadiens poussèrent un cri d'horreur ; les femmes faillirent s'évanouir, mais la frayeur les empêcha de pousser le moindre cri.

Les deux barques passèrent comme une flèche à une encablure de la roche homicide ; quelques instants après, elles étaient sauvées, et on nageait dans une eau tranquille.

Les rapides du Cheval-blanc n'étaient plus qu'un souvenir ; les ondes presque dormantes, dans lesquelles on arriva bientôt, étaient celles de la rivière Lewes. Aucun obstacle ne séparait maintenant les nouveaux argonautes des Toisons d'or qu'ils allaient conquérir.

XIII

Sur les bords du Yukon

Quel admirable spectacle s'offrit aux regards enchantés des voyageurs, lorsque, sortant de la rivière Lewes, ils se trouvèrent à son confluent dans le Yukon. Le cours de ce fleuve immense est comparable au Mississipi, au Nil, et même à l'Amazone; à près de trois mille kilomètres de son embouchure, ce rival du Nil avait une largeur de plus de six cents mètres. Il débordait sur ses deux rives, à cause du barrage que formaient les glaces dans le grand coude du nord où il était encore gelé à fond.

Le Taureau-assis, qui connaissait cette circonstance, avait prévenu Simonot de la nécessité absolue d'arriver au Klondike avant que ce dégel préma-

turé, qui leur avait permis de naviguer sur les
derniers lacs, n'ait pris les proportions d'une
véritable débâcle. En effet, à partir du moment
où les glaces du Nord se mettent à céder,
un courant furieux se déchaîne; impossible de
songer à descendre le fleuve, aussi longtemps que
l'eau, accumulée en amont de l'obstacle, n'a point
disparu et que le volume du Yukon n'a pas repris
ses dimensions normales.

La petite caravane ne s'arrêta donc que le temps
strictement nécessaire au fort Selkirk, vaste
enceinte palissadée, où se trouvent des bâtiments
en planches, construits par la compagnie d'Hudson
et dans lesquels les Indiens cherchent encore à
trafiquer avec les Visages-Pâles; par extraordinaire
elle y rencontra un détachement de la police montée
du Canada : ce détachement, qui n'était que de trois
hommes, attendait vingt-sept camarades qui venaient par Chilcot et qu'on devait installer à Dawson City pour être, aux ordres du magistrat, la
seule autorité judiciaire de la province. Ces soldats
étaient commandés par le caporal Hayes qui a
fourni à un libraire de New-York la matière du
Pionnier du Klondike, le premier ouvrage publié
sur le mystérieux El-Dorado du cercle polaire

Ce sous-officier et ses hommes étaient encore

vêtus de leurs habits d'hiver, lesquels sont en peau portant le poil en dedans. De loin on peut confondre ces braves militaires avec des ours. Les trois sergents jouissaient d'une santé magnifique, et leur bonne mine montrait que, si l'on a de quoi manger et se chauffer, le climat de la Sibérie américaine se supporte à merveille.

Le caporal Hayes, qui était un homme fort intelligent et très bon patriote canadien, quoique d'origine anglaise aimait beaucoup les Français. Il fit très bon accueil à Simonot et lui donna les plus amples détails sur la manière de descendre le fleuve en suivant la rive gauche. Il l'engagea à débarquer tout son monde, ce qui diminuerait le tirant d'eau des canots, de les attacher l'un à l'autre, de laisser dans chacun un homme armé d'une perche et de se procurer un long cordage ; le reste de la caravane se servirait de ce cordeau pour retenir les embarcations dans les passages dangereux, qu'il lui indiqua sur une carte, dont il l'autorisa à prendre un calque. Il le prévint en outre de se méfier des ours, que l'élévation de la température réveille avec un appétit d'enfer et qui oublient leur prudence traditionnelle pour se jeter aveuglément sur tous les êtres vivants qu'ils rencontrent.

S'il voulait être assuré de ne point éprouver de

pertes, il devait recommander à ses compagnons de ne pas s'éloigner les uns des autres, et de s'arranger de manière à ce que un au moins, ou préférablement deux de ses hommes, soient toujours en état de loger instantanément une balle dans la tête du fauve, qui paraîtrait à l'improviste et se précipiterait avec une rapidité foudroyante. Car malgré leur lourdeur apparente, ces animaux sont, lorsque la faim les pousse, d'une agilité surprenante.

Pierre, le Taureau-assis et Simonot se constituèrent en triumvirat, pour veiller à la stricte application de ces excellents conseils, dont ils ne tardèrent point à reconnaître toute l'importance.

Pendant deux jours, la caravane continua la route sans qu'aucun incident notable survînt ; grâce à l'emploi judicieux de la perche, que maniaient à tour de rôle les Canadiens, et du cordeau de retenue, l'expédition atteignit l'embouchure d'une rivière fort rapide et dont le débit est supérieur à celui de la Seine au pont du Point-du-jour.

On perdit à cet endroit un jour entier pour traverser ce cours d'eau. Il fallut d'abord transporter les marchandises et les décharger, puis revenir à la rive droite pour chercher les voyageurs.

A peine les barques étaient-elles dans le milieu du fleuve, que le Taureau-assis aperçut une ourse

noire suivie de deux oursons, qui venait fouiller dans
es provisions et s'apprêtait à ramasser ce qui lui
aurait paru bon à dévorer.

Tout était si bien empaqueté que cette visite inattendue n'aurait pas pu faire de mal, mais le Taureau-
assis n'était pas d'humeur à accorder un droit de
visite à une émule des douaniers du président
Mac Kinley.

Il prit sa carabine, qu'il avait placée en travers
sur les bancs, à sa portée, ajusta avec soin
l'ourse et tira avec tant de précision, qu'il logea sa
balle dans l'œil ; l'animal tomba raide.

Aussitôt le Taureau-assis et Simonot, qui menait
l'autre barque, firent force de rames pour revenir sur
la rive gauche. Ils arrivèrent à peu près en même
temps et se précipitèrent sur les oursons qui
léchaient pieusement le cadavre de leur mère.
Sans respect pour cette douleur filiale, ils leur
ouvrirent le crâne avec un coup de crosse et se
rembarquèrent, enchantés d'avoir réussi à faire une
chasse aussi brillante.

On avait suivi toutes les péripéties, de la rive
droite, où les deux triomphateurs furent reçus avec
de grands applaudissements, et l'on s'occupa de
continuer le transport du personnel.

Il n'y avait plus à embarquer que les deux

Indiennes, mais Sitting-Bull et Simonot, se rappelant des avis du sergent, eurent la bonne idée de laisser avec Suzette et Suzon un des Canadiens armé d'une carabine ; de plus Suzette et Suzon avaient chacune un long poignard et un revolver.

Les deux embarcations étaient déjà de l'autre côté de la rivière, lorsque le chien qu'on avait laissé avec les Indiennes se mit à trembler de tous ses membres ; Suzette qui savait ce que cela voulait dire, s'empressa de crier au Canadien qui dormait sur le sable.

—Maître... vous lever... sur le champ... un ours va venir.

Comme le Canadien n'entendait pas et ne bougeait pas, elle se précipita sur la carabine.

Un ours énorme, celui-ci de couleur roussâtre, se précipita sur ce qu'il croyait être sa proie, en ouvrant une gueule énorme. Le Canadien était perdu, si la jeune fille n'avait fait feu et n'était parvenue à attraper le fauve au fond de la gorge, ce qui devait le gêner pour déguster convenablement un homme. Mais quoique ayant reçu ainsi une blessure affreuse, et perdant du sang qui le suffoquait d'une façon atroce, l'animal n'était pas mort ; lâchant le Canadien, il se précipita sur Suzette qui prit peur et se mit à fuir. En un bond, l'ours fut sur elle, et sa

griffe s'abaissant par derrière lui déchira la peau
de daim qui lui servait de juste-au-corps, en enta-
mant quelque peu la chair. Se croyant perdue,
Suzette s'évanouit et roula à terre, mais au moment
où l'ours s'abaissait pour la déchirer d'un nouveau coup de patte, l'on entendit une détonation et
l'on vit le crâne de l'animal sauter comme une cartou-
che. C'était Suzon qui, en présence du danger de sa
sœur, avait retrouvé dans son cœur un courage tout
à fait masculin et avait déchargé son revolver.

Il fallut faire un voyage de plus pour transporter
cette nouvelle proie ; l'ours rouge était aussi maigre
que l'ourse noire et les oursons ; la viande en était
un peu dure, mais on festoya aux dépens des fauves,
et jusqu'à la fin du voyage l'on ne consomma
point d'autres vivres.

Le reste de la journée fut très gai ; Simonot fit
force compliments à Suzon et à Suzette, mais surtout à cette première, qu'il commença à regarder
d'une façon toute particulière. Le Taureau-assis ne
paraissait pas en ressentir d'ombrage, mais si le
Tonnerre-qui-gronde avait été de la caravane, il
n'aurait peut-être point été d'une humeur aussi
égale.

Il n'y eut d'autre incident avant le coucher du
soleil que l'échouage d'une barque qui donna heu-

reusement sur un banc de sable. On put la dégager sans trop de difficultés, sans autre inconvénient que de prendre un bain jusqu'à mi-jambe dans une eau qui n'était pas positivement chaude.

Pendant la nuit le vent du nord se mit à souffler avec une grande violence, et le lendemain matin, les voyageurs se trouvaient en plein hiver.

Ils étaient heureusement arrivés dans la banlieue de Dawson City, la capitale improvisée des chercheurs d'or.

XIV

Visite inattendue

De même que les grandes capitales d'Europe, la cité de Dawson possède un faubourg que l'on nomme la ville dispersée (Loose town) parce que les habitations qui ne sont guère que de petites tentes indiennes ont été disposées dans un désordre qui n'est pas beau, et qui n'est point non plus un effet de l'art. Mais on y est moins gêné que dans la ville dite civilisée, où les constructions généralement en bois et apportées toutes montées par les vapeurs du Yukon sont généralement serrées d'une façon dangereuse, les unes contre les autres. La ville était destinée à périr par le feu comme une nouvelle Sodome.

Lhomond avait commencé par dresser des tentes

provisoires, où la caravane passa une assez bonne
nuit. Le lendemain, il se proposait de donner le signal du départ, lorsque Simonot lui fit remarquer
qu'il serait beaucoup plus sage de s'installer d'une
façon définitive sur le terrain vague voisin de leur
campement.

— Lorsque les vapeurs de Saint-Michel arri-
veront, dit-il au chef des Canadiens, nous achète-
rons une maison que nous arrangerons à notre guise
et où nous pourrons passer le prochain hiver. Actuellement nous ne trouverons rien d'aussi commode
que les installations que nous pouvons faire en em-
ployant notre matériel. Nous pourrons ainsi attendre la belle saison, qui ne saurait tarder à venir.

Ce parti était d'autant plus sage, que l'on se
trouvait environné d'une population moins as-
soiffée d'or et moins mélangée d'éléments dangereux qu'à Dawson City.

Beaucoup plus voisins que nous de l'état de nature, les Indiens n'accordent nullement aux métaux
précieux la puissance surnaturelle que nous leur
donnons. Ils ne vont pas jusqu'à croire comme
nous que leur possession puisse tenir lieu de tous
les dons du corps ou de l'esprit. Pour leur bonheur,
ils n'ont point goûté aux fruits les plus amers de la
civilisation imparfaite de laquelle nous sommes si

fiers, aussi bien en Europe qu'en Amérique. Cependant elle est bien plus rapprochée de la sauvagerie primitive de nos premiers parents, que de l'harmonie définitive, vers laquelle la philosophie nous apprend que gravitent inévitablement les sociétés humaines, même les plus artificielles et les plus corrompues !

Quoique Simonot n'ait jamais fait une étude spéciale de l'économie politique, il avait ressenti tous les élans libéraux d'une jeunesse laborieuse et intelligente. Ce qu'il avait vu de déplorable depuis qu'il était au Klondike n'avait point éteint ses opinions optimistes, tout en l'engageant à les modérer. N'avait-il pas trouvé dans le sein de la famille Lhomond la preuve que le légitime désir de faire une honorable fortune est heureusement loin de détruire les sentiments qui font l'honneur de notre humanité.

Si les Indiens avaient assez d'assiduité pour se livrer à l'étude des phénomènes célestes, ils seraient d'excellents astronomes, car leurs yeux ont la puissance que donnent des jumelles à ceux des Européens.

Simonot fut tout étonné de voir le Taureau-assis se porter en courant au devant d'un individu qu'il avait évidemment reconnu, et qui ne pa-

raissait cependant que comme une tache blan-
châtre se mouvant sur la neige.

Ce personnage, dont le clairvoyant Indien avait
reconnu de si loin le visage, était un vieillard à
longue barbe blanche et aux cheveux d'argent,
entièrement vêtu de peaux. Il avait aux pieds des
bottes indiennes, sur la tête un grand bonnet de
peau de phoque rabattu sur les oreilles, en sautoir
un large ruban blanc, et battant sur la poitrine
une croix d'argent large comme la main, attachée
au dit ruban.

Ce voyageur singulier portait sur les épaules
une couverture roulée en guise de havresac, qui
devait renfermer dans ses plis des vivres et des
instruments. Enfin sur la couverture était attachée
avec des lanières une paire de skis norwégiens.

Une fois la première effusion passée, l'on fit entrer le Père sous la tente provisoire. Cet abri n'était
ni très commode, ni très large, mais on pouvait
cependant s'y asseoir assez confortablement, et s'y
reposer à l'aise, à côté d'un bon feu.

Lorsque le Père Philippe, c'est le nom que
le Taureau-asssis lui donna, se fut un instant réchauffé et eut accepté la collation que les Indiennes
s'empressèrent de lui servir, la conversation s'engagea. Le Père Philippe faisait usage de la langue

des Pieds-Noirs qu'il parlait avec une rare facilité ;
il n'était arrêté par aucune des articulations bizarres, qui font le désespoir des gosiers européens
et qui ne sont que l'imitation ou mieux l'exagéra-
tion de certains cris d'animaux.

— Je ne pouvais, dit-il en s'adressant en français
à Simonot, m'empêcher de donner d'abord à ces
charmantes enfants, des nouvelles d'une famille
d'Indiens de leurs amis, que j'ai rencontrée dans
mes voyages, car c'est nous, les ouvriers de la
bonne parole, qui sommes les véritables facteurs de
la poste en Alaska. En effet, nous voyageons toujours par ordre de nos supérieurs, et nos itinéraires
sont disposés de telle manière que nous parcour-
rons successivement toutes les différentes parties
de la pittoresque contrée sur laquelle soixante
mille Indiens vivent, répartis en petites familles le
long des côtes ou le long des cours d'eau. Malheureusement, pendant les trois quarts de l'année,
ceux-ci ne sont point les chemins qui marchent,
comme ils le sont incontestablement en France,

Il s'arrêta quelques instants, puis il reprit d'un
ton sombre :

— Si j'ai quitté l'Europe, c'est par désespoir
d'avoir perdu en 1870 ma patrie. J'ai fait
comme Clovis après son baptême, j'ai brûlé ce que

j'avais adoré, et j'ai adoré ce que j'avais brûlé, car
jusqu'alors j'étais un libre-penseur, comme vous.
Le catholicisme, mon cher monsieur — mon cher fils,
laissez-moi vous donner ce doux nom — c'est la
religion des vaincus; c'est lui qui m'a consolé de
mes malheurs et m'a appris à espérer, c'est lui qui
a maintenu la foi de l'Irlandais dans la république
future, c'est lui qui... c'est lui qui a fait le Canada
ce qu'il est, c'est lui qui entretient l'idée française
dans cette vaste contrée, c'est lui qui perpétue le
souvenir de Montcalm, de Bougainville et du mar-
quis de Levis... Riel a succombé parce qu'il n'a pas
voulu s'apercevoir de la force que l'idée religieuse
donnait à l'idée patriotique... Ah! si je pouvais vous
dire ce que je sais... Mais nous autres, aussi, nous
sommes tenus par nos secrets professionnels.

Voyant qu'il ne pouvait en savoir plus long sur
l'avenir et sur le présent, Simonot se rabattit sur le
passé. Il demanda alors à son remarquable interlocuteur des détails sur les combats auxquels il
avait sans doute pris part, car tout ce qu'il disait
annonçait un vieux combattant.

— Vous ne vous trompez pas, mon cher fils, dit
le Père. Je suis sorti de Paris en ballon dans le
Godefroy-Cavaignac, admirable nom, dès le 14 oc-
tobre avec M. de Kératry. Nous sommes tombés à

Bar-le-Duc, presqu'au milieu des Prussiens. Nous avons eu toutes les peines du monde à nous en tirer ; depuis ce moment jusqu'à la capitulation de Paris, mon odyssée n'a été qu'une série d'événements sanglants.

Entraîné par l'ardeur de ses souvenirs, le Père entrait dans des détails pittoresques sur les principales scènes dans lesquels il avait figuré.

Toute la famille Lhomond écoutait avec enthousiasme cette sorte d'apothéose, ces récits d'exploits ignorés, accomplis sur une terre lointaine, et par une température presque aussi froide que celle qui régnait autour de la tente.

Simonot ne pouvait retenir ses larmes. Lorsque le récit fut terminé, le Taureau-assis qui ne l'avait compris qu'à moitié demanda au père Philippe de vouloir bien le résumer en langue indienne pour ses filles.

Pendant ce temps, Mme Jeanne avait préparé le dîner qui fut beaucoup meilleur que d'ordinaire et se prolongea jusqu'au soir. A tous les points de vue l'arrivée du Père Philippe était un véritable jour de fête pour la famille des Lhomond.

Simonot apprit au père Philippe que, d'accord avec Lhomond, il avait formé le dessein de s'établir à Loose town au milieu des Indiens, en attendant l'occasion d'acheter une maison de bois venant d'Amérique.

Le père Philippe approuva fort ce projet.

—On ne peut comparer les Indiens qu'à de grands enfants, au cœur excellent, mais dont malheureusement la tête est bien faible; leurs prêtres ou pour parler plus exactement leurs sorciers, qu'ils nomment des tchaumen, en profitent pour les faire vivre dans des transes perpétuelles et leur interdire les actes les plus naturels, sous prétexte de déplaire au Grand-Esprit.

« Une fois, appelé près d'un enfant malade, à qui je donnai quelques médicaments, j'avais autour de moi tous les gamins de la tribu. J'en profitai pour leur faire un petit sermon sur la religion catholique. Ils m'écoutèrent avec tant de recueillement, que j'ouvris mon sac et j'en tirai un pain. C'était un objet qu'ils n'avaient jamais vu et dont le nom même leur était inconnu. Pour le leur distribuer, je pris un couteau que j'avais dans ma poche, et je me mis en devoir de couper mon offrande en autant de morceaux que j'avais d'auditeurs. Aussitôt un tchaumen qui se trouvait sous cette tente me supplia de retirer mon couteau, prétendant que j'allais appeler le mauvais sort sur notre petit malade. Comme je savais que la maladie était peu de chose,

quoiqu'elle fut effrayante, je refusai de me rendre
à ce désir, et je fis tranquillement ma distribution.
L'enfant guérit, et le crédit du tchaumen en fut
fort ébranlé... Si l'enfant était mort mon influence
était perdue. C'était moi qui l'aurais tué.

« Une autre fois, je voulais prendre une hache,
pour faire un trou dans la glace afin de pouvoir y
jeter des filets. Toute la tribu me supplia de n'en
rien faire, prétendant que de tout l'hiver on ne
prendrait pas de poisson. Je persistai et je fis une
pêche si miraculeuse, que depuis lors la tribu agit
ainsi tous les hivers sans craindre de déplaire au
Grand-Esprit.

« Au mois de janvier dernier (1899), nos Indiens
d'Alaska ont eu une vive alerte à cause d'une belle
éclipse de soleil. Comme je reçois mon calendrier
en avance de deux années, j'ai eu tout le temps de
préparer à l'événement ceux que j'ai pu voir. Je leur
ai annoncé et le jour et l'heure où le phénomène devait commencer et de même le moment où il allait
finir. Toutefois je n'ai pu empêcher les plus raison-
nables de concevoir une impression mauvaise. Un
grand nombre ne m'ont pas caché qu'ils s'attendaient à des événements sinistres vers le printemps.

« J'avoue que je n'ai pas osé leur dire, pour ne pas
les alarmer, qu'ils verront une autre éclipse de

soleil le 28 mai prochain, cinq mois moins quatre
jours après celle du premier janvier, et qu'elle sera
aussi considérable que celle qui les a déjà si fort
alarmés.

« Deux grandes éclipses de soleil, qui ont lieu d'une
façon tout à fait différente, et qui se donnent en
quelque sorte rendez-vous dans le même coin de
terre, c'est une coïncidence tellement rare, que je
ne peux m'empêcher d'en être tout impressionné
moi-même, quoique je sois bien loin de donner dans
tous les travers et toutes les superstitions de l'as-
trologie.

Nous verrons hélas, dans la suite de ce récit que
les appréhensions involontaires du père Philippe se
sont trouvées en partie vérifiées par un sinistre
événement.

— Les Indiens, disait-il, ne sont point comme
nous, ils ne savent presque jamais lire, mais chacun
connaît par cœur les principaux incidents de l'histoire de sa race. Ils ne se trompent ni sur leurs amis,
ni sur leurs ennemis. Ils savent que c'est grâce à la
protection des missionnaires, qu'ils ont toujours été
traités avec humanité par les Canadiens. Jamais
dans ce pays on n'a essayé de les exterminer par
l'eau-de-feu, ni de leur enlever le territoire de leurs
villages. Ils savent bien que les choses se passent

autrement de l'autre côté de la frontière, et qu'elles se passeraient autrement en Alaska si les Américains étaient plus nombreux.

« La civilisation a un besoin immense de ces utiles auxiliaires, que des criminels à courte vue parlent d'exterminer. Au lieu d'exterminer ces Indiens qui existent heureusement, il faudrait tâcher de les inventer, dit le père Philippe en terminant sa conférence, mais la divine providence les a inventés pour nous.

Le père Philippe fit en outre remarquer à Simonot qu'au Klondike on n'est pas seulement en rapport avec les Pieds-Noirs, mais aussi avec les Innuits, c'est le nom que se donnent les Esquimaux. Quoique ceux-ci n'habitent que les côtes du Pacifique et surtout de la mer de Behring, ils ne prêtent aucune attention à la frontière artificielle du 141e méridien et se considèrent, au Klondike, comme étant parfaitement chez eux. Ce sont des pêcheurs très habiles, qui pendant l'hiver de 1897-1898 ont déjà sauvé une première fois la population de Dawson City en l'alimentant de poissons. Avec la saison, les Innuits ne font que changer de gibier. Au printemps, dès que le soleil se montre, ils poursuivent le phoque et la baleine franche; lorsqu'il fait moins froid, vient la chasse aux oies, puis la

chasse aux cygnes plus tard; la cueillette des œufs
occupe surtout les femmes. Mais hommes, femmes,
vieillards et même enfants, tout le monde se mêle
de la grande pêche aux saumons.

En hiver, ils s'enfoncent dans leurs tannières
de neige, mais ils n'y restent jamais engourdis
comme les fauves ; quelque froid qu'il fasse, ils
chassent les ours blancs et les phoques.

XV

Une idylle sous la tente

Le lendemain matin, le père Philippe, en dépit de toutes les instances, reprenait sa vie vagabonde.

— Jamais, dit Simonot à Lhomond après son départ, je n'aurais cru ressentir une émotion aussi profonde. Ce saint homme a positivement le diable au corps. On voit bien que c'est la foi qui remue des montagnes qui le pousse à s'aventurer ainsi sur les neiges, sans autre guide que sa boussole, sans autres armes et sans autre vivres que ce qu'il peut porter sur lui. Ce qu'il m'a dit des Indiens m'a fait venir une idée singulière... Nous allons faire concurrence au tchaumen et faire croire nous aussi que nous avons un pouvoir magique. Il n'y a pas la reste que les Indiens qui s'y laisseront prendre, et les mineurs seront certainement les premiers épatés...

Après s'être exprimé de la sorte, Simonot alla chercher dans ses bagages un appareil électrique dont il comptait faire usage pour faire sauter des cartouches de dynamite dans le travail des mines.

— En disposant convenablement ces conducteurs, dit-il à la famille Lhomond qui s'était rassemblée autour de lui, ainsi que les deux jeunes filles et leur père, nous pourrons distribuer des chocs violents dont je vais vous faire goûter. Comme on ne verra pas d'où ils sortent, ceux qui les recevront croiront facilement que nous sommes sorciers.

Après avoir expliqué ce qu'il fallait faire pour que l'on reçut les secousses, rien qu'en s'approchant d'un endroit où l'on devait forcément passer, il montra à son interlocuteur un téléphone haut parleur qu'il avait apporté de Paris ; alors il fit entendre des voix, des cris, des chants qui sortaient d'une bouteille placée sur une table.

— Nous arrangerons tout cela, fit-il, quand nous serons dans notre tente définitive, mais cette tente définitive il faut commencer par la dresser, et c'est de quoi nous devons nous occuper sans perdre de temps, car nous avons autre chose à faire qu'à rester dans le faubourg indien de Dawson City. Ce n'est pas là que nous trouverons les claims que nous voulons exploiter.

Simonot choisit un emplacement assez vaste en dos d'âne, précaution fort sage pour ne point être gêné par les eaux, lors du dégel. On balaya ce qui restait de neiges, puis on creusa de grands trous pour supporter le piquet central de chaque tente, ainsi que d'autres plus petits afin de fixer des crampons. Ceux-ci étaient destinés à maintenir les peaux dont la tente était formée. Les opérations marchaient avec une vitesse surprenante, sous la direction du Taureau-assis.

Grâce à l'épaisseur des peaux qui ont encore leur poil, les tentes sont aussi imperméables au froid que des cabanes en planches. Beaucoup de voyageurs les trouvent même bien préférables. En chauffant l'intérieur soit avec un poêle, soit même avec une forte lampe à huile de phoque, on peut supporter les grands froids sans se préoccuper de l'abaissement du thermomètre.

C'était la première fois, depuis qu'il était en Amérique, que Simonot voyait une installation si parfaite, car jusqu'alors, pendant le voyage, les Lhomond n'avaient dressé que des tentes-abris, plus ou moins analogues à celles de nos soldats, et sous lesquelles la gelée pénétrait parfaitement.

Avant le coucher du soleil le campement avait pris un aspect tout à fait merveilleux. Les Indiens de Loose-Town s'étaient groupés autour des travailleurs qu'ils encourageaient et auxquels, de temps en temps, ils donnaient un coup de main. Il n'y avait pas besoin d'être tchaumen pour deviner que les Peaux-Rouges fraterniseraient promptement avec les Visages-Pâles. En effet les squaws étaient sorties de leurs tentes et venaient causer avec Suzette et Suzon.

Le soir, il y eut une nouvelle conférence entre le Taureau-assis, Lhomond et Simonot. Il fut décidé que l'on commencerait par offrir la préférence et des prix de faveur aux Indiens du voisinage et qu'on ne porterait à Dawson que les marchandises dont ils ne voudraient pas. En outre on décida de leur faire nombre de petits cadeaux auxquels ils se montrèrent très sensibles. On décida de plus que l'on ferait venir un inspecteur de la compagnie de commerce d'Alaska, dont on savait que les magasins étaient presque vides, et qui avait beaucoup de mal à remplir ses engagements vis-à-vis des colons, inscrits parmi ses clients réguliers.

Cette corporation commerciale est en réalité l'ancienne compagnie de la baie d'Hudson, qui a

régné en souveraine absolue dans ces régions
pendant un siècle depuis le traité de Paris, et qui
existe depuis 1650. Actuellement elle a son siège à
Londres, à Lime street, et a conservé ses armes,
ainsi que sa devise: *Pelle et cute.* C'est une
de ces associations de capitalistes comme la compagnie des Indes, dont l'Angleterre s'est servi
pour établir le plus grand empire du monde. La
société à charte de l'Afrique Australe, à laquelle
appartient le fameux Jameson est une organisa-
tion de ce genre, véritable anachronisme dans
notre siècle, dont la Grande-Bretagne essaie encore aujourd'hui de faire le même usage.

On décida de plus que Simonot et Paul cher-
cheraient à s'engager pour le travail des mines,
pendant l'arrière-saison ; c'était la forme la plus
pratique, peut être même la seule possible pour se
rendre compte de ce qu'il y aurait à faire pour
utiliser les bras de toute la caravane, pendant
l'hiver prochain sur les claims que l'on aurait
découverts ou que l'on aurait acquis.

Cette grande résolution une fois prise, ce fut
Mme Jeanne que l'on chargea de préparer le traîneau des deux partants. Si l'on avait écouté cette
excellente femme, on aurait donné à Simonot et à
son compagnon un petit traîneau sur lequel on

aurait placé, un grand nombre de provisions et
d'effets.

Mais le Taureau-assis, qui avait écouté en silence ce que disait Mme Jeanne, se leva avec impétuosité.

— Que je sois privé du droit de chasse dans le
paradis du Grand-Esprit, si je me trompe. Mais
par les os de vos ancêtres, je vous adjure de ne
pas adopter un parti si imprudent... Ne voyez-
vous pas que vous allez occasionner la perte de nos
deux amis, en les chargeant ainsi d'objets que l'on
peut manger, et qu'ils seront chargés de promener
sous les yeux d'une population qui meurt littéra-
lement de faim. Autant vaudrait attacher un carribou a un poteau dans un bois fréquenté par les
ours !

Si l'on avait admis les excellentes raisons déve-
loppées par le Taureau-assis, on n'aurait, au contraire, donné à Simonot et à son compagnon que
le strict nécessaire, mais on prit un terme moyen
entre l'opinion de Mme Jeanne et celle que le Taureau-assis avait exprimée d'une façon si imagée.

On fit un choix judicieux des comestibles les
meilleurs, les plus concentrés en puissance ali-
mentaire, et les plus faciles à emporter sur les
épaules dans un havresac. Cependant, on décida

que pour aller à Dawson City on les chargerait sur un petit traîneau, que l'on vendrait au marché avec une cargaison de provisions dont on pourrait se défaire avantageusement.

La tâche de Suzon était de toutes la plus difficile. En effet, elle avait à coudre le *parké*, espèce de suroué analogue à celui des marins bretons, mais d'une fabrication beaucoup plus compliquée et dont il n'est pas prudent de se passer, lorsqu'on voyage dans des régions où le climat est si rigoureux.

Ce curieux capuchon est bordé de poils de phoque invariablement dirigés vers un centre, répondant à la position de l'atlas, c'est-à-dire de la vertèbre sur laquelle repose la tête. Il en résulte que lorsqu'un Indien a rabattu son *parké* sur la tête, on dirait que des rayons sortent de son crâne dans toutes les directions. Il ressemble grossièrement à une image d'Apollon.

Suzon était grande, svelte, admirablement prise, et la finesse de sa taille se laissait très bien deviner sous le grand nombre de vêtements dont elle était enveloppée.

Sa peau était bien celle d'une fille indienne, mais la teinte caractéristique à sa race était si légère, qu'on pouvait presque la prendre pour une jeune européenne, habituée à vivre au grand air et jouissant d'une robuste santé.

Petit à petit elle avait modifié la coiffure traditionnelle des Indiens pour se rapprocher de celles des Canadiennes françaises, et il était évident que Mᵐᵉ Jeanne l'y avait encouragée.

Les Pieds-Noirs portent souvent de grandes bottes en peaux crues, assez semblables aux bottes à l'écuyère de nos gendarmes, mais beaucoup moins lourdes, plus chaudes et infiniment plus façonnées. Les femmes renchérissent sur cette mode, et leurs deux bottes qui vont jusqu'à la hanche sont attachées l'une à l'autre par un cordon. Les Indiens sont très fiers de cette partie de leur costume, et afin de marquer leur mépris pour les étrangers, ils les nomment Cheechaw kou, ce qui veut dire des pieds tendres.

Suzon avait naturellement abandonné les grandes bottes dans l'intérieur des tentes, mais elle ne les avait pas remplacé par des mocassins. Elle avait adopté de véritables bottines de Cendrillon. Car elle avait le pied petit, agréable et bien tourné.

Ses coquettes chaussures sortaient, d'une façon charmante, d'une paire de pantalons très larges dont les indigènes des deux sexes font usage indifféremment.

Pour sa coiffure, Suzon avait à peu près conservé la mode indigène, mais elle avait semé dans ses cheveux des fleurs artificielles que Mme Jeanne lui avait données, et dont la couleur rouge de sang s'harmoniait très bien avec l'ébène de ses tresses opulentes ; elles étaient du reste arrangées avec un soin que les Indiennes mettent rarement dans cette partie de leur ajustement.

Elle s'abstenait de colorer ses cheveux ou ses sourcils, ou le tour des yeux qu'elle avait très grands, fort doux et très limpides. Sur son cou, qui était assez long et très bien attaché à une tête mutine, s'étalait un collier de perles blanches, et qui quoique fausses produisait un grand effet. De tous les cadeaux de Mme Jeanne, celui-ci était de beaucoup à ses yeux le plus précieux.

Simonot, qui n'avait laissé en Europe d'autre affection que sa mère, n'avait pas du tout le préjugé du sang blanc. Il ressemblait au reste à la plupart des jeunes Français qui sont susceptibles de former des liaisons durables, et même des mariages bénis par l'Eglise et consacrés par la loi, avec des filles indigènes, dans tous les pays où ils portent leur pas. C'est surtout cette circonstance qui explique le caractère de notre influence. Elle est d'autant plus redoutable aux Anglais, que ceux-ci apportent jusque dans leurs rapports avec le sexe aimable, et en réalité si fort, la marque de leur orgueil national. Simonot admirait une jolie fille, quelle que fût la couleur de sa peau. Il avait suivi sans en avoir l'air toutes les transformations de la beauté de Suzon, et il l'avait fait avec d'autant plus d'intérêt, que quelque chose lui disait que c'était afin de lui plaire, que ces métamorphoses se produisaient.

Il avait été touché de l'assiduité avec laquelle la jeune fille travaillait nuit et jour, afin qu'il pût partir dès le lendemain avec un vêtement confortable et chaud. Sans rien dire, il admirait avec quelle activité les jolis doigts de Suzon poussaient l'aiguille à travers une peau diaphane qui cédait aussi vite que si c'eut été du satin.

La jeune fille avait admirablement tiré parti des leçons que Mme Jeanne trouvait doublement plaisir à lui donner. On aurait dit que la brave femme faisait tout son possible pour fixer sur Suzon l'attention de Simonot, comme si elle avait compris que Simonot avait besoin d'une affection sérieuse. Peut-être dans ses manœuvres dont, somme toute, le but n'était que louable, se glissait-il une arrière-pensée de conversion. Car Mme Jeanne était très pieuse, et l'idée de sauver une âme, peut-être deux, d'un seul coup, était sans doute de nature à la préoccuper énormément.

Lorsque le parké du voyageur fut terminé, Suzon lui demanda de l'essayer pour voir si les poils de phoques feraient bien tout l'effet que les élégants d'Alaska recherchent,

Simonot se prêta volontiers à cette fantaisie inno-cente, et lui-même était assez curieux de voir s'il ressemblerait bien à un indigène de bonne tenue.

Mais comme il ne comprenait pas très bien ce que la jeune fille voulait lui dire, celle-ci lui enleva le parké et le mit sur ses épaules en riant.

Ainsi accoutrée elle était extraordinairement jolie. Simonot qui s'en aperçut se sentit dévoré du désir de le lui dire, mais il craignait que la jeune fille ne comprit pas les mots dont il se servirait; il s'ar-rêta pour en trouver d'autres qui fussent mieux à la portée de son interlocutrice. Ne les trouvant pas, il se sentit envahir par un grand trouble, que Suzon semblait partager, car ses yeux avait pris une expression extraordinaire... Bref, pour se tirer d'em-barras, il reprit le parké et le mit sur son dos après avoir appliqué sur chaque joue de Suzon un bon baiser bien franc et bien sincère qui en disait fort long.

Cette brusque manifestation des sentiments inti-

mes de Simonot parut surprendre vivement la jeune
fille ; quoique les femmes aient toujours des finesses
toutes particulières pour découvrir ce qui se passe
dans l'âme de ceux qui les approchent, elle parut
beaucoup plus affectée encore que surprise, et elle
se laissa tomber, plutôt qu'elle ne s'assit, sur un
siège, puis elle se prit à verser des larmes trop
abondantes pour être feintes.

En proie à cette douleur inattendue elle était
encore plus ravissante. Simonot, n'y tenant plus, se
jeta à ses genoux en lui demandant la raison de ce
grand désespoir.

Suzon lui répondit, moitié en français et moitié
dans sa langue, mais d'une façon si touchante et
avec des gestes si vrais, que Simonot comprit tout
ce qu'elle lui disait.

— Je ne puis m'empêcher de pleurer parce que
je vous aime, depuis le jour où je vous ai vu pour
la première fois. Vous avez chassé de mon cœur le
Tonnerre-qui-gronde, et je n'ai pu l'y faire rentrer,
quoique j'ai prié le Grand-Esprit. Je pleure parce
que je songe aux désespoir du Taureau-assis, à sa
colère, lorsqu'il saura que je me donne à un
Visage-Pâle, et je le sens bien, je ne puis vous
résister... Je pleure parce que vous n'aurez pour
moi qu'un caprice passager après lequel vous

m'abandonnerez, mais je vous aime... et je vous aimerai jusqu'à mon dernier jour... alors même que vous m'auriez abandonnée.

Simonot s'appliqua à la rassurer et à la convaincre qu'il ne l'abandonnerait jamais. Il parla si bien et avec tant d'éloquence, en se servant de la langue et des gestes quand les mots lui manquaient, que la charmante enfant finit par comprendre qu'elle n'avait rien à redouter, même de la colère du Grand-Esprit, et qu'elle pouvait suivre sans danger le cri de son cœur.

XVI

Alerte à Dawson

La maison qu'habitait le magistrat chargé de délivrer le titre de propriété des claims, avait été apportée démontée de Vancouver par les vapeurs du Yukon. C'était une construction carrée naturellement tout en bois, et qui n'aurait excité aucunement l'attention, ni au Canada, ni aux États-Unis. On l'avait élevée au bout de la grande rue qui forme la presque totalité de Dawson City, et du côté où se trouve le faubourg Indien. Elle était environnée de terrains vagues, dans lesquels il était facile de s'embusquer et de se cacher.

Dès la pointe du jour, deux individus portant le costume des mineurs du Yukon, et ayant sur eux un arsenal de poignards et de revolvers, s'étaient postés à l'abri d'un pli de terrain, et de manière à dominer la rue dans toute sa longueur.

On ne tarda pas à comprendre dans quel but ces deux scélérats se tenaient cachés si près du lieu où se rendait la justice, une justice sommaire bien entendu et à la façon de celle des cadis. A peine les portes de l'office étaient-elles ouvertes, qu'on vit arriver à pas lents un troisième personnage assez bien vêtu, qui était encore assez éloigné, mais qui se dirigeait évidemment vers le bureau des claims.

Les bandits se mirent à courir dans une espèce de ruelle irrégulière qui longeait le derrière des maisons et qui les cachait si bien, que leur victime ne les vit pas approcher; il était impossible qu'elle se doutât du sort qui l'attendait, et auquel il semblait qu'elle ne pouvait échapper. En effet, dès qu'ils furent à portée, les deux misérables bondirent avec une rapidité surprenante. Des ours affamés ne se seraient pas rués avec plus de fureur sur un carribou passant près de leur embuscade.

L'audacieuse agression avait été si soudaine, que personne ne s'en serait aperçu, si Paul et Simonat, qui arrivaient du faubourg Indien et exécutaient leur entrée en ville, ne s'étaient pas trouvés dans une position telle, qu'il ne leur avait pas été possible de ne pas suivre tous les détails de cette scène.

Simonot n'était pas homme à laisser commettre devant lui un crime, sans chercher à sauver la victime, même au péril de sa propre vie. Il se mit à courir dans la direction où l'attentat allait se commettre en criant de toutes ses forces : « A l'assassin !... »

Paul fit de même... et bientôt on vit les portes de toutes les maisons s'ouvrir... car, dans un pays comme le Klondike, les gens honnêtes, ou à peu près, sont toujours sur le *qui-vive*, et des appels de ce genre ne sont jamais lancés en vain.

Se voyant découverts, les deux bandits ne songèrent qu'à leur propre sûreté et prirent la fuite, après que l'un d'eux eut pris la précaution d'étourdir la victime, en lui donnant un violent coup de bâton sur la tête.

La nature du terrain dans lequel les deux scélérats disparurent était si difficile, que personne ne s'aventura à les suivre à la piste, ce qui eut été facile, parce qu'ils laissaient une trace sur la neige tombée en abondance pendant la nuit dernière.

Simonot et Paul furent les premiers à relever le blessé qui leur devait la vie. On le porta dans un

salon, où on lui banda la tête, et on lui fit boire
quelques cordiaux qui le ranimèrent rapidement.

C'était le propriétaire d'un des principaux claims
de Bonanza qui était bien connu à Dawson City.
Un grand nombre de passants, que l'aventure
avait attirés, l'interpellaient par son nom en lui
demandant des détails sur sa mésaventure.

L'agression avait été si violente, si brutale, si
insolente, que le malheureux n'avait pu reconnaître
les coupables, qui n'avaient pas eu besoin de se
montrer à lui, car ils méditaient de lui faire le «coup
du Père François». L'un devait le saisir à la gorge
et l'étrangler, de manière à ce qu'il ne pût crier,
pendant que son complice l'aurait entraîné à
toutes jambes, dans un coin écarté, où on l'aurait
achevé, s'il y en avait eu besoin. En tout cas son
cadavre y aurait été abandonné.

Il était probable que les deux assassins étaient
envoyés par des mineurs ayant intérêt à ce qu'il
ne fît pas inscrire en son nom le nouveau claim
qu'il venait de découvrir. C'était dans ce but qu'il
avait quitté son exploitation, ainsi que pour recruter
des travailleurs qu'il engagerait jusqu'au commencement de la saison d'été.

A l'heure où l'on était s'il n'avait été accosté, il
aurait déjà fait sa déclaration au magistrat et

accompli les formalités nécessaires pour avoir en
poche le titre de son claim, mais dès qu'il pourrait s'occuper d'affaires, il mettrait son dessein à
exécution, et remonterait à Bonanza d'où il était
descendu.

Tout cela s'était passé si rapidement, et avait
produit une si grande émotion, que personne n'avait
songé à mettre au pillage le traîneau auquel Paul
était attelé lorsque l'alerte s'était produite, mais
qu'il avait abandonné pour courir plus vite au
secours de l'assassiné.

Simonot ne tarda pas à recevoir la récompense
de sa vaillance. En effet, dès que le blessé eut
repris tout à fait ses sens, il chercha à connaître les noms des braves gens qui étaient venus
à son aide.

Simonot venait de sauver la vie à un ancien
mineur de Californie, nommé Samuel Larder,
qui était très habile dans le métier de prospecteur, et de plus un excellent travailleur. Mais il
avait le défaut commun à ses compatriotes, de
trop aimer le whisky. Cependant, quoiqu'il fut atteint
des défauts communs à tous les alcooliques, il
était fidèle à ses engagements et n'oubliait pas les
services rendus.

Aussi il demanda à Simonot avec tant d'insis-

tance de lui dire ce qu'il venait faire à Dawson
City, que celui-ci ne crut pas devoir faire de
mystère avec lui, et il lui avoua qu'il venait
chercher du travail comme ouvrier, qu'en réalité, il était ingénieur, et qu'il voulait uniquement
se familiariser avec l'exploitation des claims, afin de
pouvoir en apprécier la valeur, car il avait derrière lui de très gros capitalistes français, qui ne
demandaient pas mieux que de monter une Compagnie, ayant pour but d'adopter les méthodes
scientifiques, dans le travail des mines

Quoique robuste et doué d'une santé excellente
que des excès occasionnels n'avaient point altérée,
et capable de fournir pendant quelques années
encore un travail sérieux, Samuel Larder avait
déjà passé largement la quarantaine. La pers-
pective de vendre avantageusement ses claims et
de se retirer à New-York était loin de lui sembler
déplaisante; Simonot lui parut un négociateur
tout trouvé et envoyé par la Providence. Il vit
tout de suite la possibilité de concilier la gratitude
avec ses intérêts, c'est un genre d'affaires que
néglige rarement un Américain.

— Mais puisque vous êtes ingénieur, dit-il, res-
tez ingénieur; c'est comme ingénieur que je vous
engage, et je prendrai votre ami comme ouvrier;

il sera spécialement attaché à votre service; lorsque vous en aurez besoin vous pourrez en disposer.

Naturellement Simonot fut coulant sur les honoraires, qu'il déclara ne pas réclamer.

Samuel Larder n'insista pas, mais il demanda des explications sur le traineau.

Quand il sut qu'il contenait des vivres de choix, il s'écria :

— Mais ceci est parfait, vous mangerez avec moi, vous et votre ami... J'achète toute la cargaison; j'en donne trois cents dollars... Est-ce assez payé ?

Le marché conclu, Samuel Larder s'occupa de régulariser la possession de son claim et de donner, à la police montée du Canada, tous les renseignements possibles sur la criminelle tentative dont il avait été l'objet. Simonot et Paul furent interrogés à leur tour, mais tout s'était passé si vite, qu'ils ne purent donner d'utiles indications. Cependant, Paul crut devoir dire au sergent qui l'interrogeait, qu'il avait cru reconnaître au moins l'un des deux assassins, dans la personne d'un des ouvriers que Samuel Larder avait engagé la veille de l'attentat.

Le sergent lui demanda de bien recueillir ses

souvenirs, de faire parler cet homme et de revenir le lendemain lui faire part de ses impressions définitives.

Paul suivit à la lettre les instructions qui il furent données, il trouva un prétexte pour mener l'individu suspect dans un salon, il le fit boire et lui parla sans affectation de ce qui s'était passé. L'individu ne broncha pas, il ne sourcilla point non plus lorsqu'il vit entrer le sergent qui, comme par hasard, vint s'asseoir à la même table et trinqua avec Paul.

Le lendemain Paul retourna à la police, et le sergent lui dit :

—Si vous pensez en votre âme et conscience reconnaître cet individu, je vais l'arrêter, mais si vous avez le moindre doute, je n'en ferai rien. En tous cas, il vaut peut-être mieux que vous l'ayez dans votre bande, parce que vous aurez l'œil sur lui, et s'il bronche, brûlez-lui la cervelle. Ce serait l'assassin de l'autre nuit, qu'il ne serait pas pire que certain des gaillards que Samuel Larder vient d'embaucher ! nous n'avons pas ici la crème des honnêtes gens du monde entier. Prévenez bien votre chef, M. Simonot, qu'il va se trouver plus d'une fois dans une position dangereuse, car les mineurs d'aujourd'hui

sont comme les maratistes de France, qui
ont laissé monter Lavoisier à l'échafaud, sous
le prétexte que leur République n'avait pas
besoin de chimistes. Ils ne redoutent rien tant
que la science. Ils sont furieux contre les chemins de fer qui vont faire baisser la main-d'œuvre ; ils savent bien qu'on ne tardera pas à
introduire dans les claims des mécanismes moins
grossiers que ceux dont ils se servent. Ils voudraient que le Klondike restât toujours à l'état
sauvage, la proie des vagabonds du monde
entier, la sentine du jeu et de l'ivrognerie.
Tout ce qui élève, instruit et moralise leur
est particulièrement odieux. Nous faisons de
notre mieux pour protéger les honnêtes travailleurs, dont le nombre augmente, mais qui seront
encore pendant longtemps à la merci de véritables bandits... En somme, dit en terminant cette
sorte de consultation philosophique ce sergent
fort instruit pour un sous-officier de gendar-
merie, Dawson City ressemble à la Ville Eternélle,
surtout parce que ce sont des voleurs et des
assassins qui l'ont fondée.

Il recommanda ensuite à Paul de ne révéler son
secret qu'à Simonot, et de n'en parler à Samuel
lui-même qu'en cas de nécessité absolue. Le ser-

gent ajouta que s'il se tramait quelque mauvais coup, ce coquin en serait l'âme, de sorte qu'en l'ayant à l'œil on avait de grandes chances d'être prévenu à temps de ce qui se préparait.

Ce sergent judicieux raisonnait à merveille, car il est beaucoup plus facile de se défendre, lorsque l'on sait d'où partent les complots qui peuvent menacer votre vie, vos biens ou votre honneur.

XVII

A travers le Haut Klondike

La partie la plus importante de la cargaison
que Samuel Larder apportait dans la vallée de
Bonanza ne consistait point en vivres, mais en
planches pour des constructions et en bois à brûler
pour ouvrir des puits sur le nouveau claim qui
avait failli lui coûter la vie, et dont il n'avait eu
que juste le temps de s'assurer la propriété.

En effet, le gouvernement d'Ottawa, en vo-
tant le budget de 1899 pour le territoire du Nord-
ouest, dont dépend le Klondike, avait pris une
résolution qui allait devenir exécutoire. Nul individu n'était plus autorisé, qu'il fût ou non citoyen
canadien, à posséder à la fois deux claims sur la
même rivière, à moins qu'il ne fut le *découvreur* de

la rivière, c'est-à-dire qu'il n'eut établi *le premier claim* sur ses bords. Il n'y avait plus par rivière qu'un seul privilégié.

Ces restrictions ont fait crier vivement contre le gouvernement d'Ottawa, mais ce sont cependant des mesures fort sages, destinées à empêcher la fortune minière de la contrée d'être accaparée dans un petit nombre de mains.

Malgré cette aggravation de sévérité, le gouvernement d'Ottawa n'avait adouci aucune des conditions imposées aux propriétaires de mines, le paiement d'un droit lors de la déclaration d'un claim, et l'acquittement d'une taxe de dix pour cent sur le produit brut.

Chaque claim qui n'est point exploité pendant six mois consécutifs doit être considéré comme étant abandonné. Il peut être réclamé par un nouvel occupant comme s'il n'avait jamais été ouvert. Il y a des gens dont l'industrie se borne à prendre ainsi l'héritage des claims anciennement fertiles et qui sont depuis délaissés. Cette méthode suivie systématiquement et avec intelligence n'est pas la plus mauvaise, et beaucoup de gens se sont enrichis plus rapidement que s'ils s'étaient adonnés à l'exploitation de claims vierges.

Les concessions canadiennes se donnent avec un

ordre et une méthode qui a évité beaucoup de
sang versé ; on n'a point eu à déplorer des rixes
aussi sanglantes et aussi nombreuses qu'en Californie.

Il avait toujours été défendu à un même propriétaire, n'importe sous quel prétexte, d'exploiter
deux claims contigus ; on voulait ainsi éviter les
formations de vastes domaines ; toutefois, la législation n'a jamais songé à empêcher le propriétaire
de différents claims de les mettre en société pour
les exploiter à frais communs ; mais le cas ne s'était
point encore présenté à cause du peu de confiance
que les spéculations sur ces riches gisements ins-
piraient encore, même en Amérique. Les mines du
Klondike n'avaient point été encore cotées d'une
façon sérieuse aux Bourses de Londres, de Berlin
et surtout de Paris, et elles ne le seront jamais, tant
que le travail restera en quelque sorte à l'état
sauvage, et que les procédés perfectionnés ne leur
auront point être appliqués.

D'après la loi canadienne, les claims ont une
superficie identique, et comprennent une longueur
de huit cents pieds anglais, soit environ cent cinquante mètres le long d'un cours d'eau.

A la fin de 1898, suivant M. Ogilvie, le chef du
service géologique estimait à deux mille trois cents

kilomètres la longueur de tous les cours d'eau de la région du Klondike sur lesquels on a constaté la présence de l'or. On voit que le nombre des claims que l'on pourrait y établir d'une façon continue serait très considérable, si les différentes rivières étaient fertiles tout le long de leur parcours. Mais il n'en est pas du tout ainsi, l'or s'étant arrêté de la façon en apparence la plus capricieuse. Même le long des rivières les plus riches et les plus favorisées de la nature, les claims payants sont la petite exception.

L'art du prospecteur est de les reconnaître sans avoir besoin de faire un trop grand nombre d'expériences. Ces petits domaines que les propriétaires ne possèdent toujours qu'à titre précaire ont une superficie d'environ cent quatre vingt mille pieds carrés, ce qui représente un peu moins de deux hectares. C'est assez pour y trouver parfois en or plus d'un million de dollars, mais on ne sait pas si après une moisson d'une richesse pareille, le rendement de l'année suivante ne tombera pas à rien, et si l'on ne sera pas bientôt obligé d'abandonner les terrains où l'on a ramassé des tonnes d'or en un temps très court, et souvent avec une surprenante facilité. Ce n'est pas toujours sur les claims les plus riches que les pépites éblouissantes se ren-

contrent. Dans ces trouvailles, le hasard a toujours
une part immense ; c'est une sorte de partie de
dés que l'on joue. Mais ceux qui y connaissent
quelque chose jouent toujours avec des dés pipés.

Personne n'a encore songé à établir de route régulière le long du Klondike et encore moins le
long des rivières et des torrents qui s'y jettent. Les
voyageurs suivent le mieux qu'ils peuvent le bord
du torrent qui est généralement praticable lorsqu'on
ne craint pas de marcher dans la boue et dans
l'eau. Souvent il faut s'arrêter pour placer les traîneaux sur des espèces de radeaux improvisés avec
les planches et les pièces de bois que l'on charrie.
Dans la belle saison, il est préférable de conduire
avec soi des canots. Pendant l'hiver on n'a point
cette ressource, mais on s'avance alors sur le lit
de la rivière qui est gelé. Entre les deux saisons,
on se trouve souvent fort embarrassé, et c'est précisément dans cette situation difficile que se trouvaient Samuel Larder et son expédition.

Quelquefois la route est complètement barrée
par des promontoires faisant saillie et qu'il faut
prendre d'assaut.

Un grand obstacle en hiver comme en été, ce
sont les affluents eux-mêmes, et les plus petits ne
sont pas les moins gênants à cause de l'excessive

rapidité avec laquelle ils roulent leurs eaux, et des prodigieux amas de glaçons que ces affluents tumultueux ont produits avant d'être complètement solidifiés. Ces amoncellements monstres sont très dangereux parce qu'ils contiennent parfois des cavernes dans lesquelles traîneaux et voyageurs courent le risque d'être soudainement engloutis.

Heureusement, pour se rendre de Dawson à Bonanza, l'équipe de Samuel Larder, n'ayant qu'à suivre la rive gauche, n'avait aucunement à redouter ce genre de temps d'arrêt.

Pas une seule fois sa marche ne fut retardée par la nécessité de franchir des cours d'eau d'un volume considérable comme ceux qui débouchent sur la rive droite, et dont le nom, inconnu il y a deux ans, a pris tout d'un coup une immense notoriété. Le plus volumineux est la rivière de l'Ours, sur le bord de laquelle il est désormais très imprudent à un plantigrade de se hasarder.

La plus fameuse est celle que l'on a nommé « Fond d'or » parce que c'est le sable sur lequel coule le fleuve qui est le plus riche en paillettes. Cette particularité tout à fait exceptionnelle a fait supposer à quelques géologues que c'est dans le haut de cette rivière qu'il faudrait chercher la matrice. En tout cas elle est gênante pour l'exploitation, et l'on ne pourrait en venir à bout qu'avec des dragues, comme celle qu'on a l'intention de placer sur le Yukon. Quoiqu'il en soit de cette opinion pour le moins hasardeuse, il est certain que ces dépôts d'or sont de l'époque actuelle, au lieu d'être d'une époque déjà ancienne, comme ceux qu'on trouve sur les bords d'une foule de rivières, dissimulés presque toujours sous une couche plus ou moins épaisse de graviers.

Le chemin aurait été tout à fait impraticable si le dégel qui avait facilité l'arrivée de Lhomond à Dawson eût été commencé dans ces régions montagneuses. Mais la température était toujours très fraîche et fort sensiblement au-dessous de zéro.

Cette circonstance n'empêchait ni Simonot, ni Paul de dévorer avec une certaine volupté le repas appétissant, substantiel qu'ils prenaient matin et soir avec Samuel Larder, et que ce dernier, fidèle à ses principes, accompagnait de larges libations. Mme Jeanne y avait épuisé tout son savoir, et rien n'était épargné de ce qui peut faire oublier que l'on n'a devant soi qu'une série de conserves. Comme, pour le repas du soir, on prenait la peine de réchauffer la plupart des mets, l'illusion était presque complète, et l'on pouvait se rouler sous la tente et dans son sac de campement, ap   s'être mis

sur la conscience et dans l'estomac un véritable
dîner civilisé. Tantôt il y avait du bœuf bouilli à la
mode anglaise, tantôt du bœuf à la mode de
France, tantôt des tripes à la mode de Caen, tantôt
du cuissot de chevreuil, tantôt de la dinde dans
la chair de laquelle apparaissait de la truffe noire
comme du charbon. Une autre fois Simonot, qui
exerçait les fonctions de préposé à la cambuse,
pour lesquelles il avait de sérieuses capacités, tirait
de son sac inépuisable des tablettes de chocolat,
ou des fruits glacés, ou des confitures, et ce qui
était surtout inappréciable, des tablettes d'un excellent extrait, n'ayant que la forme solide de
commune avec le Liebig.

La conquête du Pôle Nord demande un véritable
héroïsme, on le voit par le grand caractère de
tous ceux qui l'ont tentée, depuis les plus anciens
voyageurs jusqu'au malheureux et intrépide
Andrée. Mais dans ces climats, où l'appétit prend
des proportions inouïes, invraisemblables, la victoire est surtout une affaire de gastronomie.

Rabelais l'a fort bien compris avant de connaître
ces Esquimaux, dont la voracité fait toute la force,
car ils savent mettre dans leur estomac, lorsqu'ils font une aubaine, la subsistance de plusieurs
journées. En effet, dans un de ses chapitres les

plus curieux, l'admirable conteur, dont l'esprit n'a
pas vieilli comme les mots dont il se sert, envoie
sous le cercle polaire sa grande nef avec Pantagruel et Gargantua.

Les ouvriers ordinaires, qui dévoraient des yeux
ces mets succulents et étaient obligés de se contenter d'une pitance monotone, et qui, il faut bien
le dire, était à peine suffisante, en avaient conçu
un mortel dépit qui s'aggravait à chaque étape.

Ces haines gastronomiques sont plus terribles
qu'on ne le pense; elles ne le cèdent point en âpreté
à celles qu'ont allumées les théologiens, les politi-
ciens, même dans nos pays, où la température est
infiniment plus douce, où l'on n'a pas besoin de digérer sous haute pression. Les gens haineux et
jaloux, qui portent partout le trouble et la sédition,
sont presque toujours des malheureux qui ont la
triste habitude de mal digérer, soit que leur nourriture manque d'abondance et d'attrait, soit parce
qu'ils souffrent de gastrites ou de maux d'estomac,
soit que leurs intestins refusent de fonctionner.

XVIII

Six soleils pour un

Dans un pays civilisé, l'hostilité des compagnons avec lesquels on se trouve en contact constant n'a pas besoin de se traduire par des actes, pour être désagréable, fatigante et dangereuse, mais la situation est bien autrement pénible, lorsqu'on fait partie d'une colonne traînant avec elle des objets lourds, encombrants, et ayant à lutter contre les difficultés d'un chemin qui n'est pas frayé, les accumulations des glaces et la rigueur de la saison.

A chaque instant le mauvais vouloir peut sortir de l'état latent pour se montrer agressif.

Il suffit d'une poussée donnée, soi-disant par mégarde dans un passage glissant, pour déterminer une chute qui peut coûter la vie. Si par malheur elle produit la rupture d'un membre ou même une simple entorse, mieux vaudrait tomber dans un gouffre et être anéanti, que de se trouver incapable de suivre et d'être forcément abandonné aux rigueurs de la faim et du froid.

La police montée du Canada met un peu d'ordre à Dawson et dans les villages de mineurs, où elle est installée. En effet, elle sert de point de ralliement aux éléments laborieux et honnêtes pour résister à l'invasion des hommes de désordre et de perturbation ; mais dans les hautes vallées, les passions ont en quelque sorte un libre cours ; l'homme est à l'état de nature, et il n'a pour défense que les armes qu'il porte.

La situation de Simonot et de Paul était donc en réalité des plus critiques, et ils commençaient à s'en rendre compte lorsqu'ils furent malgré eux distraits de leurs appréhensions par un étrange spectacle, qu'ils contemplaient pour la première fois et qui ne parut point jeter leurs compagnons dans une surprise moins vive que celle qu'ils éprouvaient. Autour du soleil parurent deux cercles concentriques formés d'une lumière rougeâtre qui semblait une menace du ciel pour les habitants de la terre ; à droite et à gauche de l'astre, sur le plan horizontal qui le contenait, on apercevait une ligne rougeâtre qui faisait elle-même tout le tour de l'horizon.

Aux quatre points de rencontre de cette ligne de feu avec les deux cercles, on voyait quatre soleils qui paraissaient aussi éblouissants que le soleil véritable, et sur lesquels il était presque impossible de porter les yeux. Au-dessus du soleil, se trouvait l'esquisse d'un autre soleil, mais qui n'était que très faiblement indiquée. Puis çà et là, apparaissaient, éparses dans l'atmosphère, des taches resplendissantes, des colonnes de lumière blanche et des arcs colorés.

C'était une splendide illumination que les compagnons de Simonot auraient admirée sans les idées superstitieuses auxquelles ils étaient en proie, et qui, comme la chose est plus fréquente qu'on ne le croit, reposaient sur une réalité physique. En effet, ces jeux de lumière sont produits par les chocs des rayons solaires contre des particules cristallines qui les éparpillent en éventail, les colorent des cinq couleurs du prisme et les répartissent en cercles éblouissants dont le diamètre angulaire est susceptible d'être calculé.

Pour que ces nuages produisent ces effets, il faut qu'ils soient voisins de la surface de la terre. On doit donc s'attendre à ce que ces fines lamelles arrivent bientôt jusqu'au sol, lorsqu'on voit leurs effets se produire autour de l'astre orgueilleux, source de la lumière et de la chaleur ici-bas

Tantôt elles se présentent sous forme d'eau glacée, tantôt en conservant leur figure naturelle.

Simonot, qui aimait à faire parade de ses connaissances, traça sur un bout de papier la forme qu'allaient avoir les cristaux que l'on ne tarderait point à recueillir, et il montra son dessein à Samuel Larder en prenant la précaution de parler assez haut pour que chacun pût l'entendre.

En quelques minutes, il eut toute la bande autour de lui, y compris le mauvais gars que Paul avait soupçonné d'avoir assailli Samuel Larder et qui se nommait Jack Stork.

A peine Simonot avait-il fini sa démonstration que la neige commençait à tomber avec la forme que Simonot avait tracée, d'après le nombre et la position des soleils.

— Tout cela n'est que du charlatanisme, s'écria cet individu, et ne remplit pas le ventre que nous avons vide. — Il prit la précaution de parler assez haut, pour que Simonot l'entendît bien. — La science qui n'empêche pas la neige de tomber n'est pas de la science, et les savants qui la pratiquent sont des oiseaux de mauvais augure, portant malheur à tous leurs compagnons de route. Le mieux qu'on puisse faire, c'est de leur tordre le cou aussitôt que possible.

Les derniers mots furent dits à mi-voix, de manière que Simonot fut presque le seul à ne pas les entendre, mais il ne tarda point à s'apercevoir que quelque chose avait été lancé contre lui, car on paraissait le regarder avec un air de reproche et de colère, comme si c'était à lui que l'on devait s'en prendre, du redoublement de froid qui suivit cette chute et des difficultés que la marche en avant offrait en ce moment. En effet, par suite de sa forme spéciale, cette neige nouvelle ne pouvait s'agglutiner, comme il arrive presque toujours, avec la neige ancienne. Elle constituait donc une sorte d'écorce gluante qui fuyait sous les pieds et compromettait singulièrement la stabilité des marcheurs.

Bientôt les difficultés devinrent si grandes que Simonot et Samuel Larder durent s'atteler aux traineaux. Quand Simonot se mit à tirer comme les camarades, on le cribla de quolibets auxquels il répondit de son mieux, sans paraître offensé le moins du monde. Il faisait encore clair lorsque l'on arriva à une roche qui barrait complètement le chemin. En temps ordinaire, l'on ne se serait point

arrêté devant un pareil obstacle, mais en présence
de ces circonstances atmosphériques particulières,
il fallut remettre au lendemain l'escalade, car
elle aurait offert des dangers réels si l'on n'avait
bien vu tout ce qui se passait.

Quatre ou cinq mineurs, en s'aidant les uns les
autres et après avoir taillé des marches dans la
glace ou dans la roche même, se mirent à donner
un furieux assaut. Chacun avait emporté un rou-
leau de cordes autour du corps.

Une fois parvenus à une sorte de plate-forme
située à une trentaine de mètres au-dessus du
chemin, ils firent couler une série de cordes assez
longues. On les attachait en nombre suffisant à
chaque objet destiné à être remonté. Une fois cette
opération faite, et bien faite, les gens du haut se
mettaient à tirer sur les bouts qu'ils avaient en
mains, pendant que ceux du bas soutenaient de
leur mieux en profitant des marches que leurs
prédécesseurs avaient pratiquées. Lorsqu'il s'agissait de hisser des planches ou des pièces de
bois, on les liait ensemble, de manière à en faire
des fagots dont le poids n'était pas assez grand
pour qu'il fut difficile de les manier.

Tout cela était très long, très compliqué, et
offrait des dangers sérieux, surtout si les gens

du haut lâchaient prise. On pouvait encore craindre que dans leurs mouvements fébriles, désordonnés, ils ne détachassent maladroitement des pierres qui, en roulant avec une certaine force, auraient pu les estropier ou même tuer leurs camarades restés à un niveau inférieur.

Ces accidents pouvaient se multiplier en quelque sorte indéfiniment si la malveillance s'en mêlait, et l'on pouvait concevoir quelques craintes. En effet Jack Storck avait été un des premiers volontaires offrant d'aller à l'assaut de la barricade qui se dressait sur la route de Bonanza. Ce grand zèle avait paru suspect à Simonot, et de son côté le Canadien avait eu la même pensée.

A deux reprises différentes, un incident se produisit pendant que Simonot et Paul Lhomond étaient seuls à pousser. S'ils n'avaient été assez lestes pour se jeter de côté, ils étaient infailliblement écrasés, non seulement par la chute de grosses pièces de bois, mais par celle de rocs et de neiges, qui s'étaient détachés en même temps de la muraille naturelle en haut de laquelle ils cherchaient à faire passer un paquet de voliges, plus embarrassant que réellement lourd à manier.

La première fois, Samuel Larder se contenta de s'emporter et de menacer de son revolver

les maladroits qui avaient lâché, mais la seconde,
il déclara que ni Simonot, ni Lhomond ne pren-
draient plus part à ce travail, et que ceux qui
avaient failli les estropier eussent à l'exécuter
sans eux.

Comme il eut été dangereux de résister à un
gaillard qui aimait à faire parler la poudre, et
que la colonne venait de s'augmenter d'une demi-
douzaine d'affamés qui regagnaient Dawson, parce
qu'ils n'avaient plus rien à marauder ni à brûler
dans les claims de Fond d'or, les mineurs obéi-
rent en maugréant.

A midi le mauvais pas était franchi, et l'on se
reposait en dinant avant d'aller plus loin. Simonot fut confirmé dans les soupçons qu'il avait
conçus, en voyant avec quel soin Jack Storck
cherchait à détourner la conversation chaque
fois que Paul demandait des renseignements sur
les fausses manœuvres qui avaient failli lui
coûter la vie.

Après avoir franchi cette roche, on reprit le
chemin le long du fleuve. Il était encaissé par de
hautes falaises que l'eau venait battre dans la saison des crues, mais comme on avait reconnu des
traces fraîches d'ours, quatre hommes parmi
lesquels figurait Storck avait été envoyés sur

les hauteurs, avec ordre de suivre la piste des plantigrades dont la dépouille aurait eu un grand prix pour améliorer l'ordinaire des chercheurs d'or.

Ce plan réussit à merveille ; au bout de deux jours les quatre chasseurs revinrent traînant derrière eux un ours mâle, une ourse femelle et deux oursons. Ils avaient commencé par tuer la mère, d'un coup à bout portant ; le père avait voulu venger son épouse et avait eu le crâne brisé par un coup de crosse, pendant qu'un autre chasseur lui traversait le cœur avec une balle explosive. Quant aux rejetons de ce couple infortuné, il n'y avait eu qu'à les égorger, ils n'avaient pas essayé de se dérober. Les carcasses avaient été attachées l'une à l'autre et formaient un long chapelet que l'expédition traînait derrière elle en poussant des cris de joie.

On reçut les triomphateurs avec de grands applaudissements, et Samuel Larder promit une prime de cent dollars à chacun.

Mais avant qu'ils ne rejoignissent le reste de la colonne pendant qu'ils se livraient à cette chasse fructueuse, il se produisit successivement deux avalanches qui, par l'effet d'un étrange hasard, faillirent encore engloutir Simonot. Ces accidents auraient été le résultat d'un concert prémédité,

qu'ils ne se seraient pas produits dans des conditions plus périlleuses pour le jeune Français.

Une fois encore, on entendit tirer dans le
haut un coup de fusil qui paraissait lui être destiné. Samuel Larder prétendit même qu'il avait
vu passer une balle dans la direction de Simonot.
On chercha à lui persuader que ce n'était
qu'une simple pierre détachée de la montagne,
et qui avait pris par hasard cette direction;
quant à la détonation, elle n'était produite que
par la rupture de la glace qui avait déterminée
cette projection. Mais Samuel Larder connaissait trop bien la montagne pour se laisser tromper, et il accueillit les explications de manière à
faire comprendre à ceux qui les donnaient ce que
lui-même il en pensait!

A la suite de cet incident, qui produisit sur
son esprit un effet décisif et qui lui montra qu'il
était en réalité une cible, Simonot se décida à
raconter à Samuel Larder ce que Paul avait
cru remarquer, et il fit faire par ce dernier, le
récit de son entrevue avec le sergent de la police
montée.

Samuel Larder remercia beaucoup de la communication qui venait d'être faite, et il termina
l'entretien en disant à ses deux informants:

— Si vous voyez de la part de ce coquin un geste suspect, ne vous gênez pas, logez lui une balle dans la tête, je me charge du reste... ce n'est pas autrement qu'il faut s'y prendre ; sans cela, on serait dévoré par ces gaillards-là... Ils sont d'une exigence et d'une paresse invincibles. Quand ils découvrent des pépites, on est à peu près sûr qu'ils vont vous les voler... Si on les laissait faire, ils ne vous laisseraient que l'impôt du dixième à payer, c'est pour leur profit que les claims seraient enregistrés et que l'on viendrait se morfondre dans cet atroce pays... Non, il n'en sera pas ainsi cette fois ; ce n'est pas pour le plaisir de quelques écumeurs de la Bourse de Londres, que nous avons quitté notre chère Patrie... Ah! ah! Storck, faites bien attention à vous, sans cela je n'hésiterai pas à vous faire votre affaire, et cela ne sera pas long...

FIN DU SOUS-PREMIER

Paris. — Imp. Vve ALBOUY, 75, avenue d'Italie.

COLLECTION A.-L. GUYOT

(Catalogue — Série L)

Manuels utiles

M. DECRESPE. — *Électricité*, applications domestiques et industrielles, conseils pratiques, plans et devis............... 2 vol.

H. DE GRAFFIGNY. Le jeune Électricien amateur 1 vol.

L. TRANCHANT. — Manuel du Photographe amateur.......................... 1 vol.

H. DE GRAFFIGNY. — Manuel du Cycliste.... 1 vol.

A. BDRAH. — Traité de danse. — Cotillon.... 1 vol.
— Traité de politesse. — Les Usages et le Savoir-vivre....... 1 vol.

M. DECRESPE. — Le petit Cycliste amateur.. 1 vol.

PIERRE DELOCHE. — Traité de pêche à la ligne. 1 vol.

MADAME X... La Cuisinière des petits ménages 1 vol.

E. BUCRET. — La Pâtissière de petits ménages. 1 vol.
— Les Boissons et Liqueurs économiques des petits ménages 1 vol.
— Recettes économiques des petits ménages................. 1 vol.

L. TRANCHANT. — Le petit Jardinier amateur. 1 vol.

A. DUCOS DU HAURON. — La Photographie des couleurs............................ 1 vol.

E. BUCRET. — Le Secrétaire enfantin....... 1 vol.
— Le Secrétaire des Cœurs aimants 1 vol.

Dans toutes les Librairies, Kiosques, Gares :
20 centimes le volume.

On reçoit franco par la poste un volume spécimen et le catalogue contre 3o centimes en timbres-poste adressés à M. A.-L. GUYOT, éditeur, 12, rue Paul Lelong, Paris.

COLLECTION A.-L. GUYOT

(Catalogue — Série D)

Œuvres Comiques

BIBI-TAPIN (Contes du Petit Pioupiou)

Les mésaventures de Bistrouille	1 vol.
Les farces de Beaupoil	1 vol.
Bistrouille au Sacré-Cœur	1 vol.
Bistrouille à l'Armée du Salut	1 vol.
Bistrouille en Cour d'assises (ou le Cadavre ambulant)	1 vol.
Bistrouille et Jean Hiroux	1 vol.

Chaque volume...... 0.20

Franco-poste........ 0.30

ALMANACH DE BIBI-TAPIN

Pour 1899 (1re année)

Illustré de plus de 100 dessins, 0.50

franco-poste, 0.60

Les ouvrages signés **Bibi-Tapin**, dont la plupart ont dépassé 200.000 exemplaires, sont absolument désopilants.

---

*Dans toutes les Librairies, Kiosques, Gares :
20 centimes le volume.*

On reçoit franco par la poste un volume spécimen et le catalogue contre 30 centimes en timbres-poste adressés à M. A.-L. Guyot, éditeur, 12, rue Paul-elong, Paris.